– Marie Antonini –

SINGULARITÉS, ENCORE !

Nouvelles

Image de couverture Stéphanie Vantard

© 2023 Marie Antonini
Édition : BoD - Books on Demand, info@bod.fr
Impression : BoD - Books on Demand, In de Tarpen 42,
Norderstedt (Allemagne)
Impression à la demande
ISBN : **978-2-3222-2315-2**
Dépôt légal : avril 2023

« Les personnages et les situations de ce récit étant purement fictifs, toute ressemblance avec des personnes ou des situations existantes ou ayant existé ne saurait être que fortuite. »

« Le Code de la propriété intellectuelle interdit les copies ou reproductions destinées à une utilisation collective. Toute représentation ou reproduction intégrale ou partielle faite par quelque procédé que ce soit, sans le consentement de l'auteur ou de ses ayants droits ou ayants causes, est illicite et constitue une contrefaçon, aux termes des articles L.335-2 et suivants du Code de la propriété intellectuelle. »

Pour tous ceux que j'aime, et ils sont nombreux !

« Il est beau d'écrire parce que cela réunit
les deux joies :
parler seul et parler à une foule ! »

Cesare Pavese

Les oiseaux

À demi masqué par le rideau en vichy, le vieil homme ne perd pas une once de ce qui se passe dehors. Sous l'auvent, les oiseaux se disputent graines et miettes en donnant des coups de bec ou des battements d'ailes furieux. Le sol est gelé, une légère couche de neige couvre les quelques brins d'herbe devant la maison. Alors le vieux, mâchouillant sa pipe éteinte, compte inlassablement les volatiles. À côté de lui, sur la table s'étale un antique cahier jauni rempli de noms et de chiffres, de ratures aussi. Par moment, il s'empare du crayon et note un numéro.
De temps à autre, il se lève lourdement, quitte son fauteuil éculé pour chauffer un café.
Ses mains tremblent un peu, il attrape tout d'abord la cafetière en aluminium d'une époque révolue, puis une minuscule casserole cabossée. Il coule le breuvage de

l'une à l'autre, allume le réchaud taché et attend, courbé, soufflant comme une vieille forge. Dès l'apparition des premières bulles dans le liquide marron, il ferme le gaz, entreprend de verser le contenu de la petite gamelle dans une tasse ébréchée et aussi culottée que sa pipe. Il s'en retourne alors à son guet, bouffarde dans une main, tasse dans l'autre. Il met le tout sur la table branlante, s'assied en soupirant, s'empare du café et boit bruyamment. Il ne quitte pas des yeux les oiseaux, et parfois, croyant saisir la tasse, il monte la pipe à sa bouche comme pour avaler une lampée. Il grommelle, pose l'objet, daigne lâcher les animaux du regard et savoure son breuvage brûlant.

Il n'a pas toujours été ce vieillard.

20 juin 1940, à l'heure de la débâcle, au moment où la France perd plus de cent mille hommes, où Pétain prend la présidence du conseil des ministres, Marthe Martin souffre des douleurs de l'enfantement. Dans la ferme au cœur d'une Franche-Comté encore occupée, entourée de sa mère, de Joséphine, la sage-femme du village et de sa jeune sœur Armande, elle accouche d'un petit garçon. Il est vigoureux,

elle est épuisée. Triste aussi, car son Daniel est mort au combat six mois auparavant, il n'aura pas le bonheur de tenir leur fils dans ses bras.

Le bébé est bien bâti, la sage-femme le pèse et annonce huit livres et cinquante-six centimètres. La mère décide de le prénommer Pierre-Jean. C'est ce qu'ils avaient convenu avec son homme, avant que les Allemands ne l'abattent avec d'autres résistants.

L'enfant s'épanouit au milieu des femmes, choyé et heureux. Il fréquente l'école du village et même s'il n'est pas un élève très doué, il fait d'énormes efforts. Il ne connaît pas le repos, car sitôt rentré de la communale, il participe aux travaux des champs, il aide à la traite des vaches et ne ménage pas sa peine, il est grand et fort. À quatorze ans, il décide de rester à la ferme, la grand-mère est morte au printemps et la main-d'œuvre est nécessaire pour maintenir la petite exploitation. Marthe a embauché un ouvrier agricole. Après la guerre il a quitté sa Bresse natale et un soir de mars est venu frapper à sa porte. Il paraît travailleur et courageux, Marthe a été séduite aussi par le regard franc et la vigueur de l'homme, elle n'a pas hésité. André se lève aux aurores, Pierre-Jean l'accompagne dans les tâches les plus difficiles, cela permet à la mère de gérer la maison et de se remettre à la couture.

Chaque dimanche, après les corvées, Pierre-Jean et André filent parcourir la campagne à l'affût de belles images.

En effet, l'ouvrier a hérité d'un oncle un peu fortuné d'un appareil photo Kodak Bantam.

Il se passionne pour les clichés les plus soignés et originaux. Il photographie les animaux et les paysages, sélectionnant minutieusement chaque tirage pour ne pas gaspiller la pellicule. Son maigre salaire d'ouvrier agricole en limite les achats et il préfère la qualité à la quantité.

Pierre-Jean est fasciné par les photos et plus encore par la chambre noire lorsqu'il participe au développement. Il a l'impression d'être un chimiste qui assiste au miracle avec étonnement et admiration.

Le jour de ses dix-huit ans, André, qui entre temps est devenu son beau-père, lui offre son Kodak Bantam, lui-même ayant craqué pour un Asahi Pentax S dont il n'est pas peu fier. Pierre-Jean est fou de joie et sitôt le repas achevé, il file dans la forêt proche et espère « le sujet » inouï.

Il attend chaque fin de semaine avec impatience, ses clichés d'oiseaux sont de plus en plus aboutis et artistiques. De passage, un représentant en nourriture pour animaux en visite à la ferme, tombe sur les épreuves qui ornent les murs du salon. Abasourdi, il s'enquiert sur l'auteur, et, ayant des amis bien placés, organise une première exposition des œuvres de Pierre-Jean. S'ensuivent des demandes de galeristes des villes des départements voisins. À l'aube de ses vingt-cinq ans et encouragé par André, il quitte définitivement l'exploitation. Marthe pleure un peu, mais elle sait que son Pierre-Jean est un artiste, elle comprend aussi que le seul souhait de son fils est de faire des photos.

Il parcourt le monde à la recherche des plus beaux spécimens, il expose dans les plus grandes salles. On lui demande même de faire des portraits de comédiennes, de chanteuses. Il obtempère, cela lui permet de s'offrir des appareils dernier cri, des objectifs exceptionnels et des équipements professionnels. Lorsqu'il s'installe dans les profondeurs d'une forêt épaisse, il sait qu'il va passer des heures à attendre, il ressent une excitation, une joie intense. De temps à autre, il rentre bredouille, amer et déçu, sa patience n'ayant pas été récompensée. D'autres fois, il revient victorieux et reste des heures dans son laboratoire pour développer le cliché, celui qui va toucher le cœur du public.

Ainsi, se déroule sa vie, sans grande place à l'amour, sans grande place au loisir… Successivement, il a perdu André, celui qui lui a tout appris, puis sa mère est morte quelques mois plus tard. Il a gardé la ferme comme havre de paix, pour y finir ses jours.

Puis vint le progrès et le numérique apparut. Il s'est obstiné, Pierre-Jean, voulant conserver ses pellicules, sa chambre noire… De jeunes artistes se sont mis à faire des photos d'oiseaux en couleur, belles, sublimes, même. Il est revenu en Franche-Comté, a rangé ses appareils et tout son matériel.

Du tabac tombe sur sa chemise de bûcheron et sur son pantalon de velours élimé. Il le chasse de sa main tremblante. Le regard vers l'extérieur, il observe le ballet incessant des mésanges. Il se lève lentement pour aller manger un morceau de pain et du fromage que lui a livré la fille de la voisine. Avec délicatesse malgré l'imprécision du geste, il recueille des miettes qu'il lance

dans la cour. Aussitôt, une nuée de moineaux se jette dessus.
Il sourit.

Le train

Norbert observe les va-et-vient depuis le quai. Le train de douze heures quarante-trois ne va pas tarder. Loïc arrive en même temps. Réglé comme l'horloge de la gare. Depuis plus de dix ans, il n'a jamais raté un rendez-vous.
Le chef de gare soupire en songeant au garçon. Pauvre Loïc. À vingt-deux ans, il n'a rien dans la tête. Il est né ainsi. Catherine, sa mère a raconté maintes fois l'arrivée de cet être si particulier, une nuit de l'hiver 2008.
L'homme se retourne en entendant des cris. Ce sont des lycéens qui se bousculent, il les surveille quelques instants, mais tout va bien, ils restent à l'écart des voies.
Soudain, une rumeur monte, des rires à peine masqués. Loïc fait son entrée. Norbert est sur la défensive. Ce gamin n'est pas de sa famille, mais il a promis à Catherine de

le protéger, elle a confiance en lui, il ne supporterait pas de trahir son amie.

Loïc n'est pas un garçon normal. Tout chez lui est étrange. On le croirait mal construit, comme si les morceaux de son corps avaient été posés au hasard et de guingois. La tête dans les épaules, un bras semblant plus long que l'autre, il avance en boitillant de ses jambes trop frêles et arquées. Seul son visage paraît équilibré, presque beau. Avec de grands yeux bleus éternellement étonnés, un joli nez bien droit et une bouche pulpeuse, ses traits sont avenants, car il sourit en permanence. La toison bouclée et blonde souvent ébouriffée confère au jeune homme une allure lunaire. Les moqueries et les quolibets des lycéens glissent sur lui sans l'impacter. Il n'y a que Norbert que cela rend agressif. Il perçoit les « débilos » et les « pauv'crétin » lancés par le groupe d'ados.

Il serre les poings dans sa poche, il ne va tout de même pas aller casser la gueule de mômes mal élevés. Il s'avance vers Loïc qui tangue de gauche à droite en reniflant et en murmurant des borborygmes incompréhensibles.

— Salut mon gars ! tonne Norbert en tapant la main du garçon.

— Alut Obert !
— Ne t'approche pas des rails !

Conseil prodigué chaque jour depuis la première visite de Loïc. Cette fois-là, il était accompagné de sa mère. Il avait à peine huit ans et hurlait en tirant le bras de Catherine. Elle peinait à le retenir. Norbert était intervenu, avec douceur, il avait pris la main de l'enfant et tous deux avaient attendu le train venant de Strasbourg. Le chef de gare débutant qu'il était alors avait été ému par le regard pétillant du bambin à l'arrivée du convoi !

C'est devenu un rituel pour eux deux. Les jours où il est absent, Norbert délègue à son second le soin de surveiller le jeune homme. Loïc s'est figé, il ne bouge plus, seuls ses yeux restent mobiles. Il ignore les remarques mesquines autour de lui. L'évènement le plus important est imminent et rien ne le distraira.

L'annonce dans le haut-parleur le fait à peine frémir, puis on perçoit le roulement sur les rails, la locomotive apparaît. Le brouhaha des voyageurs qui descendent, ceux qui montent, les derniers persiflages des adolescents et déjà la rame s'éloigne.

Loïc renifle, essuie son nez avec sa manche et entreprend le demi-tour qui l'emmènera chez lui.
Norbert pose sa main sur son épaule et l'accompagne jusqu'à la sortie. Le garçon s'éloigne de sa démarche hésitante et le chef de gare retourne à son bureau.

Dans quelques heures, il rentrera chez lui, serrera dans ses bras Lilou quinze ans et son frère Gaël de cinq ans son cadet. C'est sa semaine, il veut en profiter. N'avoir ses enfants qu'une semaine sur deux est très frustrant pour lui, il s'en accommode cependant en profitant au maximum de chaque minute passée avec eux.
Il apprécie beaucoup Catherine, mais il sent bien qu'elle ne veut pas d'une relation avec lui. Dès qu'il lui propose d'aller boire un verre ou même d'aller au restaurant, elle se met sur la défensive : « Je ne peux pas laisser Loïc, s'il lui arrive quelque chose... Tu comprends, n'est-ce-pas ? »
Alors il se dévoue pour faire plaisir à ce garçon pas comme les autres. Il lui laisse sa maman et se contente de le surveiller au bord du quai.

Il a toujours aimé les trains, enfant, son père en possédait un immense installé dans le garage. Il serpentait à travers des montagnes de plâtre, des vallons de bois et de plastique. Il traversait des villages, des passages à niveau qui se manœuvraient avec de petites pièces qui faisaient rêver le jeune Norbert. La locomotive BB67628 était la reproduction d'une des dernières machines Diesel. Son père, qui l'avait conduite de 1972 à 1975, y tenait comme à la prunelle de ses yeux. L'enfant n'avait pas l'autorisation d'y toucher, alors il se contentait de rester des heures à admirer le parcours. C'est tout naturellement qu'après ses études, il rejoignit la SNCF.

Depuis sa cage de verre, il perçoit soudain des cris étranges. Un mauvais pressentiment le fait surgir de son bureau et il se précipite dans la salle des pas perdus. Loïc est tombé, il est allongé sur le sol, une femme penchée au-dessus de lui.
Norbert bouscule les quelques badauds curieux et s'accroupit vers le jeune garçon.
— Que se passe-t-il Loïc ? Tu as mal ?
— Pas mal Obert, non !
La femme, la cinquantaine, tailleur et chignon, regarde le chef de gare :
— Il est entré juste devant moi, je pense qu'il a glissé, il pleut beaucoup et ses

chaussures étaient trempées. Je crois qu'il n'a rien.

Tous les deux le relèvent et l'aident à s'asseoir sur un banc.
— Pourquoi es-tu revenu ? Tu devais rentrer chez toi !
— Moi, monte dans train de 13 heures vingt. Cette fois, je veux !
— C'est impossible, Loïc, que feras-tu ensuite ?
— Moi monte dans train de 13 heures 20, Loïc, veut !
— Mais Catherine t'attend, tu dois y aller !
— Non, moi dans train, partir et revenir.

Norbert passe ses mains sur son visage, la femme le regarde et dit :
— Écoutez, je vais moi-même prendre ce train, j'ai un rapide rendez-vous à Metz. Loïc, enfin, le garçon peut m'accompagner, et je serai de retour en fin de journée.
— C'est-à-dire que… Je ne vous connais pas, et sa mère me fait confiance. C'est compliqué…
— J'ai un fils comme… comme Loïc, je prendrai soin de lui. Tenez, voici ma carte d'identité. Faites une photo. Et si Loïc veut bien venir avec moi… Je m'appelle Anne-Laure, et vous ?

— Norbert, je suis le chef de gare ici. D'accord, je vais téléphoner à Catherine. Attendez !

Il s'écarte de la femme, s'assied à côté de Loïc :
— Tu as toujours envie de monter dans le train ?
— Oui, moi monte dans train 13 heures 20 !
— Si cette dame t'accompagne, tu acceptes ?

Il se tourne vers Anne-Laure, l'observe pendant une minute :
— Atcete ! Dans train, accord.

Norbert s'éloigne et discute pendant quelques minutes au téléphone, il revient et avec un grand sourire et annonce :
— Catherine est d'accord. Loïc, tu vas monter dans le train !
— Oui, monte train 13 h 20.
Il donne une bourrade à Norbert, empoigne le bras d'Anne-Laure pour l'emmener en direction des quais. Il interpelle les autres passagers :
— Moi monte dans train 13 h 20 !

Dix minutes plus tard, la rame quitte la gare. Norbert suit du regard le dernier wagon jusqu'à ce qu'on ne le voie plus. Il tourne le

dos et se dirige vers son bureau. Il traverse le hall, croise des hommes et des femmes qui vaquent à leurs occupations. Il jette un coup d'œil rapide au panneau d'affichage numérique. Le train du retour n'y apparaît pas encore.
Subitement, une montée d'angoisse l'assaille. Il a laissé partir Loïc avec une inconnue ! Que va-t-il se passer, et quel abruti, il n'a même pas son numéro de portable ! Il se giflerait. Un poids bloque son plexus, il a peur.

À ce moment, Catherine l'appelle, il réagit avec appréhension. Elle l'informe qu'elle sera à la gare dans une heure afin d'y attendre son fils. Il tourne en rond, fait les cent pas, tente une conversation avec Zélie, la vendeuse de journaux. Il répond à des questions de voyageurs, mais son esprit reste préoccupé. Et cette boule au ventre qui l'étouffe !
Catherine arrive en souriant, confiante. Il l'observe de loin, elle lui plaît tant !

— Tu la connais depuis longtemps Anne-Laure ?
— Euh, non, pas très, mais elle est bien. Elle a elle-même un fils handicapé, elle sait s'y prendre.

— Tant mieux, il va être heureux, comme la fois où tu l'as emmené quand il avait dix ans, tu t'en souviens ?
— Oh, oui ! Je lui avais proposé de monter dans le 10 h 52, mais il n'a pas voulu… Quel entêtement ! C'était le 13 h 20 ou rien !

Ils rient tous les deux. Le haut-parleur annonce le train de Metz, son cœur bondit dans sa poitrine. Et si Anne-Laure et Loïc ne se trouvent pas dans les passagers ? Et s'il est arrivé un problème ? Le convoi stoppe lentement, déjà des étudiants débarquent, puis deux couples de retraités qui discutent bruyamment, des hommes d'affaires leur attaché-case à la main, des jeunes filles en jeans déchirés…
Puis tout à coup, Catherine s'exclame :
— Là, le voilà !
Anne-Laure saute prestement sur le quai, elle se retourne, tend les bras et aide Loïc à descendre les marches.
Il aperçoit sa mère et crie :
— Loïc dans train !

Ils se retrouvent devant les bancs, le garçon s'assied, Catherine s'installe à côté de lui. Elle demande :
— Alors, c'était bien le train de 13 h 20 ?

— Oui l'a mangé glace chocolat et encore train !

Anne-Laure sourit, elle ajoute :
– Nous avons passé un délicieux moment, c'était super !

Loïc la regarde et ajoute avec un sourire de biais :
- Uper !

La sortie scolaire

Selma habite dans une haute maison pleine de fenêtres, comme dans la chanson qu'elle écoute à l'école. Pour monter chez elle, il faut emprunter l'ascenseur ou grimper cinq étages en reprenant son souffle sur les paliers. Elle trouve cela fatigant, Selma. Elle n'adore pas non plus être enfermée dans cette cabine sombre et étroite. Ça pue et c'est très moche. Les affreux graffitis sur les parois l'impressionnent, aussi, elle ne comprend pas pourquoi Aziz est mort de rire devant le gros zizi noir ! Mais qui peut dessiner aussi mal ?
Elle songe que ses tableaux à elle sont beaucoup plus jolis, d'ailleurs, elle n'a jamais fait de zizi, quelle idée !
Elle sait lire un peu, elle est au CP depuis quatre mois... mais que veut dire : « Nik ta mère, ou va te faire sucer ? » Parfois elle reste hypnotisée devant ces lettres mal

écrites tout le long de la montée et sa maman la réprimande :

— Cesse de regarder ça, Selma !

Elle est la troisième de cinq enfants. Aziz, l'aîné, vient de fêter ses treize ans, puis vient Younès, âgé de dix ans, Selma, sept ans, Meriem la petite sœur de cinq ans et le bébé de quinze mois, Nassim. Une grande famille dans un logement assez étroit. Imène, la maman, ne se plaint jamais, même lorsque Amir, son mari avait dû les laisser pour aller quelques semaines au bled afin d'organiser les obsèques de son père.

L'appartement fleure bon les épices. Selma adore la cuisine de sa mère, parfumée, colorée et si délicieuse. La fillette est gourmande comme un petit chat, elle vient souvent traîner dans les parages pour quémander un biscuit ou même un légume à croquer.

Les enfants fréquentent l'école du quartier, Aziz est au collège, il se débrouille plutôt bien lorsqu'il daigne quitter le terrain de foot. Younès déteste les cours, il attend avec impatience chaque période de vacances pour courir rejoindre ses « potes ». Selma dépose toujours Meriem à la maternelle avant de rentrer dans sa classe.

Elle adore mademoiselle Roche, sa maîtresse. Tout d'abord, parce qu'elle est très jolie, puis aussi parce qu'elle a une voix douce lorsqu'elle chante ou raconte une histoire. La fillette s'imagine entendre les anges, elle regarde alors l'enseignante avec un sourire béat !

Elle n'aime pas beaucoup la récréation, les cris, les bousculades l'importunent et la terrorisent. Selma a peur de tout. C'est son problème. Un chien aboie de l'autre côté de la rue, elle se colle contre Imène. Ses frères se chamaillent, elle se cache sous son lit en pleurant. Cela inquiète terriblement sa mère. Quel avenir pour cet oisillon si fragile et si émotif ?

Aujourd'hui Selma va à l'école accompagnée seulement de ses frères. Maman est obligée de rester à l'appartement, Meriem est malade. Aziz à sa gauche et Younès à sa droite, elle aimerait qu'ils lui donnent la main, mais ils ont râlé :

— Jamais de la vie ! Débrouille-toi ! Déjà, on t'escorte, te plains pas, pis t'es plus un bébé !

Selma est au bord des larmes, de plus, elle a aperçu un chat sur une barrière. Elle a tellement peur des animaux qu'elle passe devant l'animal, tête en bas, respiration retenue jusqu'à ce que le danger soit loin. Au niveau de la grande cour, Aziz lui donne une bourrade sur l'épaule :

— Bon, hop, grouille, tu traverses en courant !

— Maman a dit que tu dois me laisser devant la porte !

— Oh, ça va, tu es cap d'y aller seule, regarde, y'a des copains à toi, tu n'as qu'à les rejoindre.

— Oh, je ne les aime pas, eux, ils me tirent les cheveux et se moquent de moi !

À peine la phrase terminée, elle se retrouve au milieu d'une effervescence d'écoliers, les garnements ont disparu. Elle avance en observant le sol. Cailloux, elle marche, herbe, elle continue, à nouveau gravillons, elle approche, l'escalier, ouf ! Elle entend la voix d'Alice sa copine, elle sent une petite main dans la sienne. Elle respire et lève la tête. Mademoiselle Roche, Aurélie, lui adresse son plus radieux sourire.

Après le calcul et la lecture, la maîtresse annonce :

— J'ai une grande nouvelle, les enfants ! Dans quelques mois, en juin, nous allons

partir en voyage. Nous monterons dans un bus, vos mamans auront préparé votre pique-nique et nous passerons une sublime journée à la ferme ! Nous nourrirons les poules, nous verrons des chèvres, des lapins et toutes sortes d'animaux. Ce sera un fabuleux voyage ! J'ai écrit des messages pour prévenir vos parents, n'oubliez pas de les donner dès ce soir, compris ?
— Oui, madame !
Les enfants applaudissent. Presque tous les enfants, à part Selma qui semble bouder.
— Selma, tu n'es pas contente d'aller une journée à la ferme ?
— Non.
La maîtresse s'approche :
— Et pourquoi ?
— J'ai peur des animaux.
— Tu ne risques rien, ils sont tous gentils !
— Oui, mais j'en ai peur…
— On en reparlera. Ce soir, reprenez votre lecture pour bien préparer les dix mots de la dictée. Et demain après-midi, on fera des crêpes ! Parce que demain, c'est mardi…
— Gras ! crie Zoé en rougissant.
— Y'aura du « Nutella » ? demande Kilian.
— Non, juste de la très bonne confiture et du sucre.

Exceptionnellement, elle rentre seule ce soir-là. Elle a songé à ce retour une bonne partie de la journée, la boule au ventre et toujours prête à pleurer. Alice l'a rassurée, comme toujours.

— Ce n'est pas si loin, Selma... Tu sors de la cour avec moi, ensuite je t'accompagne jusqu'au bout de la rue. Devant la maison rose, je pars d'un côté, ma maman m'attend à cet endroit, et toi, tu vas du côté des blocs... Tu passes entre les gros HLM avec des balcons bleus et tu traverses l'aire de jeu, et ça y est, tu prends l'ascenseur ! Tu vois, je t'ai bien écoutée, c'est fastoche !

— Oui... mais tu sais, les grands de la cité, ils me fichent la frousse exprès !

— Parce que ça les amuse de te faire pleurer, retiens-toi, serre les poings et fonce. Essaie, ça marche !

— Moi je suis une trouillarde, pas toi !

Alice vient de la quitter, sa maman l'attendait exactement à l'endroit prévu. Selma tourne en direction des grandes bâtisses, elle devine au loin celle où vit sa famille. Une tour, géante, grise, sinistre et orpheline au milieu des autres blocs.

Elle arrive au niveau du bâtiment à balcons bleus, des femmes discutent devant l'entrée. Elles portent des djellabas sombres et ne remarquent pas la présence de la fillette, tant la conversation s'enflamme. L'aire de jeu est visible à présent. Selma s'arrête et observe les gamins qui braillent en tapant dans un ballon. Puis elle avance enfin, rassurée, Aziz lui fait de grands signes. Il interrompt son match pour s'approcher d'elle et lui confier que l'ascenseur est en panne.

La fillette renifle et entreprend la longue escalade des étages.

Premier étage, elle entend des cris chez les Dubroc, le bébé hurle et la maman aussi. Deuxième étage, ça sent la friture, Paloma cuisine sans doute ses délicieux beignets à la cannelle. Une porte s'ouvre dans un énorme fracas, Djamilla, du troisième étage descend l'escalier en beuglant dans son téléphone. Selma a juste le temps de se coller au mur avant que l'adolescente ne la bouscule.

— Bonjour, Selma, tu es toute seule, et Imène, elle n'est pas venue te chercher à l'école ? Mais pourquoi ? Et l'ascenseur encore en panne, pauvre petite ! Ça va ta maman ? Et le bébé ?

La gamine est abasourdie par le flot de questions qui lui tombe dessus, elle n'essaie pas de répondre, la femme se penche à la rambarde et hurle à sa fille en bas :

— Et ne tarde pas, hein, tu entends, Djamilla, tu rentres aussitôt après le cours de danse, c'est compris !

Quatrième étage, odeur de soupe et son d'un téléviseur. Sans doute la vieille Sarah, elle est sourde comme un pot, et sur l'autre bout du palier traîne une trottinette et des chaussons sales et éculés. Selma s'assied sur les marches, elle fait la grimace en reniflant. Elle pense : beurk, les poireaux ! S'armant de courage, elle grimpe les derniers degrés qui la séparent de sa mère. Imène tire le battant :

— Te voilà ma puce, c'est bien, viens prendre ton goûter.

Des monstres énormes, becs marrons ouverts et béants laissant voir des crocs acérés, des sortes de volatiles gigantesques foncent sur elle au pas de charge. Elle hurle, un cri strident qui réveille tout l'appartement. Sa mère se précipite, le bébé pleurnichant dans les bras, ses frères font irruption dans la chambre, complètement affolés. Il n'y a que Meriem, dans le lit jumeau, elle est si paisible. Elle dort à

poings fermés et ignore ce qui se passe tout près d'elle.
— Maman ! J'ai fait un horrible cauchemar… Je ne veux pas visiter la ferme, les animaux sont méchants.
— Ce n'est rien Selma. Rien qu'un mauvais rêve ! Bois un peu d'eau et rendors-toi. Les garçons, filez vous coucher, il est minuit, demain vous allez à l'école !

Imène prend rendez-vous avec Aurélie Roche. Elle est si inquiète pour sa fille. Amir rentre du bled dans deux jours, ils se rendront ensemble à l'école, c'est préférable.

Dans son village d'en Algérie, Amir a retrouvé son père, malade. Il a apporté de l'argent comme il le fait tous les six mois. Il raconte sa vie en France, montre les photos des enfants, Imène, toujours très jolie après ces longues années. Il a pris quelques congés précipitamment, ayant reçu de mauvaises nouvelles de Mohamed, son vieux papa.
Il possède deux taxis, travaille de huit heures du matin à dix-neuf heures. Il a un collègue qui circule aussi, parfois celui-ci reste après vingt heures pour des courses tardives. Amir lui, enchaîne un second

boulot, il est vigile dans un entrepôt de stockage de marchandises. De vingt-deux heures à six heures le lendemain, ce qui lui laisse peu de temps pour les loisirs. De temps à autre, il profite d'un moment de calme avec le taxi pour aider les garçons aux devoirs. Selma est douée, elle n'a besoin de personne. Si ce n'est cette fragilité face au monde, face à l'inconnu. Il a le cœur serré à l'idée qu'on puisse faire du mal à cette petite fleur délicate et peureuse.

La maîtresse comprend bien le point de vue des parents. C'est normal de protéger son enfant.
— Tout se passera bien, faites-moi confiance, Selma sera avec son amie Alice, et nous avons des accompagnateurs, il ne lui arrivera rien. Et même, je suis persuadée qu'elle va découvrir sa force et son intérêt pour les animaux. Selma est une excellente élève, cette journée contribuera à son éveil. Nous la protégerons, ne vous inquiétez pas !

Deux nuits d'insomnie, pour elle et pour sa mère. Elle a appelé toutes les deux ou trois heures. Des cauchemars, des rêves

effrayants. Ce matin, Imène était à deux doigts de craquer, de dire à sa petite fille :
— Reste au lit, ma chérie, cet après-midi nous irons au square…
Puis elle a repensé à la conversation avec la maîtresse. Non décidément, Selma doit prendre le bus avec ses amis. Le pique-nique est prêt dans le sac à dos rose. Un sandwich, un mini paquet de chips, quelques bonbons, une pomme et une gourde remplie d'eau. Au dernier moment Imène ajoute un sachet de biscuits maison, des sablés pour Aurélie.
Selma ronchonne, pleurniche. Amir, rentré de sa nuit de vigile, sort d'une pochette de magasin un ravissant blouson à fleurs :
— Regarde ce que j'ai acheté hier, exceptionnellement parce qu'aujourd'hui est un grand jour ! Il te plaît ?
— Oh oui, il est très beau, merci, Papa !
— On y va, je t'accompagne avec maman !
— Jusqu'à ce que le bus démarre ?
— Jusqu'à ce que le bus démarre !

Sur le chemin de l'école, Meriem glisse sa main dans celle de sa sœur et lui dit très sérieusement :
— Demain, quand le blouson sera trop petit pour toi, c'est moi qui le porterai !
Les parents éclatent de rire.

L'autocar est déjà là à leur arrivée. Alice se précipite sur son amie en criant :
- J'ai gardé les places là au milieu, on sera toutes les deux !
Elle est très excitée. Sa maman tente de la calmer, mais elle saute dans tous les coins en riant.
Au moment où le bus démarre, Selma sourit à la fenêtre. Un sourire un peu forcé, un peu contraint et qui serre le cœur des parents.

Le trajet dura une heure trente. Les deux maîtresses ainsi que les animateurs, chantèrent et racontèrent des histoires. Un quiz échauffa même les petites têtes, les questions judicieuses sur les animaux de la ferme firent oublier l'éloignement, voire même le mal des transports, chez les écoliers. Seul Bryan vomit à quelques kilomètres de l'arrivée.

La cour de l'exploitation est immense. Les enfants sortent du bus un par un, les jambes courtes peinent à descendre les marches. Ils récupèrent leur sac à dos, se mettent en rang et suivent les adultes. Une femme en bottes de caoutchouc accueille le groupe. Elle porte contre elle un animal poilu. Selma se contracte, se colle contre Aurélie. Celle-ci la rassure :

— Selma, tu ne crains rien, c'est un minuscule lapin. Tu sais, un bébé. Comment dit-on, un bébé lapin ?

— Un lapeneau !

— C'est presque ça : un lapereau !

La fermière est très attentive, elle observe les gamins et voit immédiatement quels sont ceux qu'il lui faudra canaliser et les autres qu'elle devra stimuler. Ils entrent dans une grande salle avec des tables et des bancs. Une montagne de tartines de pain est entassée au centre, avec des pots de confiture de toutes les couleurs. Du lait ou du sirop pour se désaltérer.

— Régalez-vous les enfants, ensuite je vous emmène visiter l'étable, vous ferez connaissance avec les vaches et leurs petits veaux, après nous traverserons le poulailler, vous nourrirez poules et canards. Un tour auprès des lapins et des cochons d'Inde avant votre pique-nique. Il y a des jeux à l'arrière du bâtiment : toboggans, balançoires et tourniquets. Ah ! Je vous présente Oswald, ce lapereau né il y a une semaine. Qui a envie de le caresser, tout doucement, attention !

Aurélie et Latifa, les maîtresses, organisent une procession de « câlins-lapin ». Selma reste en retrait. Lorsque tout le monde est passé, la dame, qui s'appelle Suzie, se baisse et dit :
— Et toi, tu ne veux pas venir faire la connaissance d'Oswald ? Regarde comme il est mignon, ses jolies oreilles toutes douces…
La fillette cherche de l'aide dans les yeux d'Aurélie, mais Alice prend sa main et la pose lentement sur le dos de l'animal.
— T'as vu, chuchote-t-elle, il est si petit, et tout chaud. Tu sais c'est gentil un bébé lapin.

Les enfants s'exclament et rient aux éclats, deux bêtes lâchent des bouses énormes qui éclaboussent les fermiers. On entend des « beurk » et des « pouih ». Le plus âgé des hommes explique comment s'y prendre pour traire, le lait coule dans le seau et cela émerveille les écoliers. La fillette reste à l'écart, mais elle paraît moins craintive.
— Tu n'as pas peur des grosses vaches ? questionne Alice.
— Si, mais elles sont coincées. Alors ça va…
— Viens voir les veaux, oh, madame, j'aimerais donner le biberon à celui-là !

Alice s'empare d'une bouteille et l'animal tête goulûment. De loin Selma rit, elle commente :
— Il a faim dis-donc !
— Tu veux essayer demande son amie ?
— Oh non, vas-y !

Tout le monde se dirige vers le poulailler. Le soleil est au rendez-vous, les gamins ont tous sorti une casquette ou un bob du sac à dos. Selma marche lentement, elle est à l'arrière du groupe. Léo, un des animateurs se retourne :
— Coucou Selma, tu n'as pas envie de découvrir les poules ?
— Non, je ne les aime pas. Je fais des cauchemars à cause d'elles. Leur bec est dangereux !
— Tu en as déjà vu pour de vrai ?
— Non. Juste à la télé et dans les livres…
— Regarde, on arrive. Si tu veux, on reste dehors, et tu observes depuis le grillage. Et, si tu as envie de rentrer dans l'enclos, j'y vais avec toi, ça marche ?
On entend Suzy gronder Ryan et Marcellin, ils courent au milieu des canetons et les affolent. Les enseignantes se fâchent et font sortir les cavaleurs. Selma contemple les poussins jaunes qui pépient et suivent leurs

mamans dans l'espace. Soudain, elle s'adresse à Léo :

— On y va tous les deux ?

Léo sourit, empoigne la main de la fillette. Il ouvre la porte grillagée et ils se retrouvent entourés de volatiles. Suzy lui donne une poignée de graines qu'elle jette aux poules quémandeuses piétinant autour de ses jambes. Elle a un peu peur. Elle interroge la fermière :

— Il y a quoi dans leur bec ?

— Une langue minuscule… Et pas de grandes dents, pas de dent du tout !

— Vous êtes sûre ?

— Archi sûre, tu peux me croire !

Après la visite aux lapins, les enfants ont distribué de l'herbe et des épluchures, arrive l'heure du pique-nique. Après le repas, Suzy offre le café aux enseignants, pendant ce temps, les petits s'amusent sur l'aire de jeux. On entend des cris, des rires, des gamines chantent, parfois on perçoit des pleurs après une chute ou une bousculade. Puis vient le moment de rencontrer les cochons et les chèvres. Selma n'a pas très envie de quitter le square. Les cochons, elle les déteste, ils sont énormes, sales et grognent sans arrêt. Les chèvres, elle veut bien, mais de loin. C'est toujours en train de courir ou de sauter partout, elles mordent et dévorent tout ce qui passe à portée de leurs dents ! C'est dommage, car elle apprécie leur fromage que sa maman rapporte du marché !

Les enfants s'égaillent à travers la cour, quand soudain Selma se fige, elle se paralyse. Deux chiots se précipitent en aboyant, ils foncent sur le groupe dont elle fait partie. Elle voudrait hurler, mais aucun son ne sort de sa bouche. Heureusement, Aurélie et Léo réagissent rapidement, ils s'interposent entre les animaux et la fillette. Le jeune homme empoigne le premier chien, la maîtresse, le second. Les écoliers crient, demandent à distribuer des caresses aux deux boules de poils, sauf Selma qui s'éloigne instinctivement. Alors l'institutrice l'appelle :

— Reste-là, Selma ! Regarde cette peluche vivante, viens, il ne va rien te faire. Il a juste envie de jouer et de faire des cabrioles. Il est doux si tu savais !

Elle approche à petits pas timides, les mains derrière le dos. Elle pense à Younès qui aimerait tant avoir un chien. Mais papa ne veut pas, en tout cas, pas avant d'habiter une maison. S'il voyait ce chiot, il serait fou. Pourquoi faut-il qu'elle ait peur de ce bébé, car c'est un bébé !

— Comment il s'appelle ? demande-t-elle.
Suzy répond :
— Celui-ci c'est Sky, l'autre, la femelle, on l'a nommée Salsa. Ce sont deux adorables petites fripouilles. On va les dresser pour les moutons et les chèvres.
Noa, le savant de la classe intervient :
— Ah oui, j'ai vu un reportage, ils vont surveiller le troupeau et empêcher les animaux de s'échapper !
— C'est un peu cela. Ils dorment au milieu de la bergerie. Ces dames les adorent !
Aurélie parle doucement à Selma :
— Approche encore, ôte tes mains de derrière ton dos et pose-les sur le pelage…
La fillette lève le bras, mais le chiot se retourne et lèche avec ardeur. Elle ne sait plus si elle doit courir se cacher ou rire de l'aventure.
— Tu vois, il te fait un câlin ! Allez, caresse-le à présent !

Ensuite la fermière demande à une aide d'enfermer les chiens et elle guide les élèves à travers les prés. L'odeur change, la porcherie n'est plus très loin.
Comme il a plu abondamment les jours précédents, les porcs sont terreux du groin jusqu'à la queue. Les enfants s'exclament :
— Beurk, comme ils sont crados !

Ce qui amuse Suzy. Elle leur explique que ce sont des animaux qui se roulent dans la boue pour ôter les parasites qu'ils pourraient avoir sur eux.
— Quand une mouche vous tourne autour, vous la chassez avec vos mains, eux se roulent dans la terre !

La visite aux chèvres ne fut pas trop terrifiante. Les cabris mangeaient le fourrage apporté par le fermier. Les plus petites sautaient les unes sur les autres. Curieuses, elles s'approchaient parfois des gamins, l'une d'elles s'empara de la casquette d'Alice, heureusement, Léo, rapide comme l'éclair lui reprit tout en la caressant.
L'heure du goûter arriva. Suzy invita les enfants à déguster le fromage frais des biquettes accompagné d'un délicieux cake aux fruits.

Le retour en bus fut beaucoup plus calme que l'aller. Tous étaient très fatigués. Aurélie vint s'installer près de Selma et la questionna :
— Es-tu heureuse de ta journée, Selma ?
— Oh oui, madame !
— Auras-tu moins peur des animaux à l'avenir ?

— Heu, je crois que oui…
— C'est bien, je suis fière de toi !

Tous les parents patientaient devant l'école. Imène et Amir paraissaient inquiets, mais à la vue du sourire de leur fille, ils se détendirent aussitôt. Elle sauta du bus, courut dans les bras de son père en le submergeant de paroles. Il rit :
- Je ne comprends rien, du calme Selma !
Au souper, la fillette raconta joyeusement la journée à la ferme. Quand tout le monde eut parlé, Amir annonça :
- J'ai une grande nouvelle, les enfants ! Nous allons avoir une maison ! Avec maman, nous avons trouvé une villa ancienne que nous allons acheter !
Aziz et Younès crient de joie, ils auront une très grande chambre !
Alors, Selma, d'une toute petite voix, demande :
- On pourra avoir un petit chien ?

Ma sœur

Tu serais née un ou deux ans avant moi, comme dans la chanson « Mon frère » de Maxime Le Forestier.
Mon Maxime, que j'adulais adolescente. Des posters de lui ornaient tous les murs de ma chambre.
« Toi la sœur que je n'ai jamais eue… »
Je t'aurais adorée, tu aurais été mon modèle, mon exemple…
Une sœur si belle, si talentueuse. Je t'imagine souvent… Je rêve de toi...

Tes cheveux sont longs, brillants et doux, ton visage régulier et aucun bouton, aucun point noir… Tu portes de jolis vêtements que je te pique quand tu tournes le dos, je minaude devant la psyché déguisée en toi.
Tu joues du piano ou de la harpe, parfaitement bien, toute la famille est en admiration.

Tu passes d'interminables moments alanguie sur ton lit. Je toque à ta porte, tu me chasses en me jetant des coussins. Je t'importune, tu cries, je t'agace, tu hurles. J'ai très envie de ce tee-shirt qui découvre ton nombril, et de cette mini-jupe écossaise qui met en valeur tes longues guibolles !

Parfois tu me laisses entrer dans ton domaine parfumé, on se vautre sur ton lit, tu me fais écouter des chanteurs, des groupes dont j'ignore l'existence. Je suis fière de ce partage.

Un jour, pendant un de ces moments, j'aperçois un début de tatouage sur ta hanche gauche. Je t'en fais la remarque, tu me frappes, tu cries. Je promets le silence. Je ne cafterai pas.

Tu me coiffes, mes cheveux sont moins doux, moins longs que les tiens.

Tu me confies que je vais saigner du bas, tu me dis, ça ne fait pas mal, enfin, un peu au ventre. Mais ce n'est pas grave, c'est normal, c'est le signe que tu deviens une femme. Ça recommencera tous les mois.

Je t'admire, tu es si savante.

Et puis tu pars, accaparée par tes études. Tu m'oublies. Je pleure souvent.

Quand tu reviens le week-end, les parents n'ont d'yeux que pour toi. Je n'existe plus, je me sens nulle et moche. Ton regard brille d'un nouvel éclat. Éclat de l'indépendance, de l'amour peut-être aussi.

Ce soir-là, tu viens me rejoindre dans mon lit, tu me chatouilles et m'embrasses dans le cou. J'oublie. Tu répètes « Ma petite sœur ! » Tu me racontes que tu es amoureuse, qu'il est beau, brun avec d'immenses yeux gris, il est si gentil. Tu me montres une photo. Je rêve de lui aussi.

J'ai grandi sans toi, toi la sœur que je n'ai jamais eue…

Et j'écoute toujours Maxime Le Forestier.

Amoureuse

Elle me disait :
— Tu ne sais pas ce que c'est d'être amoureuse, à seize ans on imagine tout connaître, en vérité, tu…
Je répondais :
— Tout de même, ce que je ressens, je ne l'ai pas inventé, je l'aime, j'ai envie de passer du temps avec lui…

Elle me disait :
— Les jeunes pensent tout mieux maîtriser que les anciens, ils ignorent les palpitations, l'attente, la peur, ils ne comprennent rien à la passion. Je parle de celle qui t'embarque comme une tourmente… C'est une tornade qui t'emporte !
— Mais enfin…
— Crois-tu connaître le vertige, la perte de conscience au moment où tu te trouves face à la personne qui te chamboule au point d'oublier qui tu es ?

Elle me disait :

— Tu ne sais pas ce que c'est que de perdre l'appétit, le sommeil et toutes les notions de temps ? La passion dévorante qui te mine et te rend folle…

— Je l'aime, je le sais ! Je rêve de marcher avec lui main dans la main, de l'écouter et de boire ses paroles…

Elle me disait :

— Romantisme n'est pas passion ! Marcher main dans la main ! Es-tu fleur bleue à ce point pour dire cela ? Ce dont je te parle, c'est le sacrifice de toi-même, mourir pour quelqu'un, tout quitter, abandonner ceux que tu chéris, traverser le monde pour rejoindre celui ou celle que tu aimes passionnément !

Lis les plus grandes passions amoureuses de l'histoire, tu apprendras jusqu'où peut aller le désir, la passion destructrice. D'Héloïse et Abélard à Camille Claudel et Auguste Rodin en passant par Gabrielle Russier et son élève, passion, passion, passion !

 Dans le dictionnaire ma fille, on parle d'un état affectif et intellectuel assez puissant pour dominer la vie mentale. Tu imagines ? La passion se traduit en effet par un sentiment d'excitation inhabituelle alternant plaisir et souffrance... Beaucoup de plaisir et de souffrance ma chérie. Mais cette souffrance se distille, elle est nécessaire et impitoyable.

Puis elle est partie.
Cela fait trois ans que je ne l'ai plus revue. Trois longues années assez tristes. Je me demandais où était ma mère. Pourquoi m'avait-elle abandonnée ?
Depuis le divorce de mes parents, elle était ma protectrice, ma mère adorée…
J'ai dix-neuf ans à présent, je suis toujours avec mon premier amoureux.
Nous nous chérissons, fortement et respectueusement. Il poursuit ses études et est venu vivre auprès de moi, dans l'appartement que j'occupais avec elle.
Souvent je repense à cette ultime conversation. Et surtout à cette phrase qui résonne étrangement aujourd'hui :
« Ce dont je te parle, c'est le sacrifice de toi-même, mourir pour quelqu'un, tout quitter, abandonner ceux que tu aimes, traverser le monde pour rejoindre celui ou celle que tu aimes passionnément ! »
C'était ce dernier message étrange qu'elle laissait à sa fille.

A l'époque je fus incapable de le décrypter !
J'ai cherché dans nos relations si l'un ou l'autre de ses amis avait disparu à cette période…
J'ai enquêté à son boulot, à son club de gym, à la chorale qu'elle fréquentait… Aucun indice.
Je poursuivais mes études de psycho, Guillaume était en histoire. Nous travaillions d'arrache-pied, le soir et le week-end. Je faisais des extras dans un restaurant, mon ami donnait des cours particuliers. Il fallait bien vivre, même si chaque mois mon père versait une pension sur mon compte. Oh, pas une grosse somme, mais de quoi manger et payer les frais de l'appartement.
Je l'en remerciais infiniment, il habitait à six cent kilomètres et entretenait une autre famille depuis plus de dix ans. Au départ de ma mère, il était venu passer quelque temps près de moi. Il ne comprenait pas non plus et son plus grand désir était de m'aider dans ma peine. J'ai survécu, grâce à lui, grâce à Guillaume et grâce à ma rage de vivre !

Ce six août, au moment de l'appel de l'hôpital, j'ai eu un pressentiment…
Ma mère était en ville, dans le coma après une tentative de suicide. Sur le coup, je me

suis dis : « Je m'en fiche, je n'irai pas la voir ». Et dans le même temps, je prévenais Guillaume et prenais la voiture pour aller aux urgences…
Elle est morte dans la nuit.
Quand j'ai trouvé la lettre dans son sac à main, je me suis écroulée, en larmes.
Elle me disait :
— C'est toi qui avais raison ma chérie, l'amour est sensé, juste et modéré. C'est une attirance affective sans violence avec du respect… De l'attention.
 L'amour authentique et véritable n'est pas signe de dépendance émotionnelle, c'est au contraire, une belle liberté que de se confier, d'être réellement qui on est, d'accepter l'autre avec ses qualités et ses défauts. La jalousie malsaine n'a pas de place dans l'amour, dans la passion, elle te détruit....
La passion est un sentiment fulgurant et ravageur, je suis partie loin, au propre et au figuré, j'étais comme droguée, enivrée. Cette passion m'a tuée. Je te demande pardon.

Sur la plage, je tends mon visage au soleil, je me tourne vers Guillaume, il me sourit. Ce sourire me va droit au cœur. Il est mon rempart, il trouve toujours quoi faire pour me rendre heureuse. Nous sommes épanouis ensemble. Dans son regard, je sais que je ne me suis pas trompée.

Les Jean-Baptiste

Souvent, je viens m'installer sur ce banc après un après-midi de théâtre. Le vent souffle fort, mais je me pose néanmoins à ma place habituelle reculée, à l'abri des regards sous les arbres. Après deux heures de divertissement, j'ai besoin de faire le point. Les yeux fermés, je laisse mon corps s'alourdir et apprécier le calme du parc. L'air fouette mon visage, les senteurs sucrées des fleurs de sureaux parviennent à mes narines. C'est un régal, un instant de campagne au cœur de la ville agitée. Un havre de paix et de quiétude.
J'oublie les joggers, les promeneurs, les chiens qui viennent me renifler et même les gamins qui criaillent en se bousculant sur leurs bicyclettes. C'est mon oasis post-spectacle, ma méditation théâtrale.

J'ai beaucoup aimé cette pièce, je la connaissais, évidemment ! Qui n'a jamais

vu « Le malade imaginaire » ? Les comédiens étaient à la hauteur et la mise en scène très originale et soignée. Après cet exquis moment de rire, je respire avec application, la lumière décline lentement, l'air doux paraît presque chaud par instant. Il glisse sur mon visage comme la multitude de caresses d'une plume invisible. Le silence s'installe peu à peu au fur et à mesure des minutes qui passent. Les promeneurs ont-ils disparus ou mon esprit divague si loin qu'il ne discerne plus aucun son ? Peut-être finalement que chacun est retourné à ses occupations. Les joggers rentrés chez eux, les visiteurs partis préparer le repas, les chiens soulagés se sont endormis sur leurs coussins et les enfants ont terminé de souper ou regardent une émission avant d'aller au lit.
Je perçois un bref froufroutement à mes côtés. S'en suit un léger mouvement du banc. Je ne bouge pas, sans doute un dernier canidé qui renifle les odorants pieds du siège. Soudain une voix se fait entendre, comme éthérée, lointaine, douce et virile à la fois.

Je lève les paupières et j'aperçois une ombre très floue auprès de moi. Le soleil couchant m'oblige à cligner des yeux, il me faut un certain temps avant de distinguer l'homme qui m'observe :

— M'accordez-vous l'autorisation de m'asseoir céans ?

— Mais bien sûr, je vous en prie !

Au fond de moi, je râle, il y a un autre banc cinq mètres avant le mien, puis un autre cinq mètres après, pourquoi venir me coller sur celui-là ! À cette heure, les sièges se libèrent peu à peu. Mais la bienséance m'empêche de dire quoi que ce soit et le personnage a l'air sympathique.

Il me tend la main et se présente : « Jean-Baptiste, je vous souhaite le bonsoir ».

Je souris et fais de même :

— Jean-Baptiste aussi, enchanté !

On aurait pu croire à une plaisanterie. Le Jean-Baptiste qui me fait face a environ une cinquantaine d'années tout comme moi, il porte une large chemise blanche ouverte sur un torse pâle et imberbe et un pantalon marron assez usé. Un romantique, me dis-je, avec ses cheveux châtains longs dans le cou et son regard flou, il doit charmer les femmes. Il a des paillettes dans l'iris noisette de ses yeux, elles scintillent dans la lumière du coucher de soleil.

Nous nous observons à la dérobée puis il entame une conversation un peu déroutante.

— Il ne faut que demeurer en repos. La nature d'elle-même, quand nous la laissons faire, se tire doucement du désordre où elle est tombée…
— Plaît-il ? Je suis désolé, j'étais dans la lune et je n'ai pas compris votre phrase.
Je pensais : il est un peu perché, ce garçon !
— Il est important de contempler la nature comme vous le fîtes à l'instant !
Je fais silence, légèrement interloqué, puis me hasarde :
— Quelle est votre profession, Jean-Baptiste ?
— Je suis comédien, mais aussi dramaturge…
Ça ne m'étonne pas, songeais-je, un grand littéraire.
— Ah, très bien, répondis-je, je sors justement du théâtre, j'y ai vu une pièce classique de Molière, un auteur que j'avoue adorer pour son sens critique et pour l'humour.
— De… Molière ? Une farce ou une comédie ?
— Heu, une comédie ! Le malade imaginaire !

L'homme se lève du banc et se met à marcher de droite à gauche en déclamant :

« Ô ça ma fille, je vais vous dire une nouvelle, où peut-être ne vous attendez pas. On vous demande en mariage. Qu'est-ce cela ? Vous riez. Cela est plaisant, oui, ce mot de mariage. Il n'y a rien de plus drôle pour les jeunes filles. Ah ! Nature, nature ! À ce que je puis voir, ma fille, je n'ai que faire de vous demander si vous voulez bien vous marier ».

— Ma parole ! m'écriai-je, admiratif, on pourrait croire que vous avez joué cette pièce, vous la savez donc à ce point ? Avouez, vous l'avez beaucoup interprétée ! Où travaillez-vous ? Dans quelle compagnie ? J'aimerais vous applaudir sur scène !

— Si fait, je la connais, je la domine point par point ! Je l'écrivis. Ainsi que bien d'autres !

J'éclate de rire.

— Vous êtes un comique, vous !

— Il ne faut point vous gausser. Si je dis que je l'écrivis, assurément, oui-da, je l'écrivis ! En l'an 1673, ce fut mon ultime œuvre… J'en rendis l'âme sur scène… Ce moment demeura gravé dans mon corps, dans mon cœur, dans mon âme. Oui-da, jusque dans mon âme, Messire !

J'avoue que j'en reste coi. Mon voisin m'observe en silence. Il appuie sa main fine sur mon bras. De longs doigts pâles aux ongles parfaits se détachent sur ma manche.

— Ne vous posez pas tant de questions, cher ami Jean-Baptiste. Soit, cette situation vous apparaît étrange, mais souffrez que je vous narre mon arrivée en ces lieux. La pièce que vous avez applaudie ce soir fut la dernière d'une interminable liste que je présentai sur les tréteaux du Palais-Royal, le dix-sept février 1673.

J'étais assez âgé, cinquante et un ans, diantre, un vieillard ma foi pour cette époque, mais j'eusse goûté vivre encore ! Comme j'eusse aimé choyer davantage ma Mie, mes enfants... Encore déclamer et mettre en scène, jouer mon ami, jouer !

Ce malaise que je ressentis fut intense, on me ramena à mon domicile afin que j'y rende mon dernier souffle. « On meurt de médecine et non de maladie ». Et voilà qu'aujourd'hui, par un hasard étrange, je me retrouvai dans une loge de ce théâtre du Palais-Royal, tout cependant que des artistes interprétaient mon malade imaginaire... Le croyez-vous ? Trois cent quarante-neuf ans plus tard, des acteurs disent encore mes proses, mes vers. J'en suis ébaubi et ravi tout à la fois. Je ne me concevais pas telle destinée !

— Nous les adorons vos comédies, monsieur Molière. Savez-vous que chaque année, vos textes sont à l'affiche ? Le plus plébiscité est l'Avare, d'ailleurs, la troupe du Français l'a reprise récemment ! Imaginez-vous que votre buste est dans la galerie de cette institution, admiré chaque jour par des milliers de connaisseurs ou d'amateurs de votre œuvre.

— J'en suis fort aise. Mon roi Louis XIV appréciait mon esprit et mon intelligence. Je le fis rire abondamment… Nous fûmes complices dans mes exploits !

— Mais que faites-vous dans ce jardin à présent ?

— J'attends que de repartir. De ce pas je m'en vais me retirer et patienter. L'on va m'appeler, quelque part, là-haut.

Il sourit

— Jean-Baptiste, je vous souhaite le meilleur et le bonsoir.

Il fait une révérence et s'éloigne. J'ouvre les yeux brusquement et je scrute les alentours, la nuit est presque tombée et tous les ultimes promeneurs convergent vers la sortie. Je me lève, engourdi, persuadé d'avoir fait un somme rempli de ce rêve étrange, quand mon regard est attiré par un mouvement furtif. Là-bas, au loin, au niveau du grand portail, une frêle silhouette agite le bras dans un geste d'adieu...

Un frisson me parcourt. Cette découverte me rend subitement euphorique. J'esquisse quelques pas de danse autour du banc, le gardien tape son doigt sur sa tempe en me montrant la sortie. Je souris et décide de quitter le parc. La nuit tombe doucement, l'air se rafraîchit peu à peu, l'excitation qui m'habitait s'estompe lentement.

La façade du théâtre est illuminée, les fenêtres sont déjà allumées en prévision de la prochaine représentation. J'aperçois une silhouette devant l'une des ouvertures, c'est Jean-Baptiste, c'est Molière, il me fait un signe et disparaît. Pour toujours.

Mariage, 1ère partie

Corinne arrête le moteur de la voiture devant la porte de garage. Un sourire aux lèvres, elle se tourne vers Lydie :

— Va te coucher ma chérie, nous avons eu une longue journée !

Elle se penche vers elle et l'embrasse lentement.

— Nous sommes mariées, ça y est !

Lydie pose sa tête sur l'épaule de Corinne :

— Enfin ! Je suis si heureuse. Finalement, ça s'est plutôt bien passé, qu'en penses-tu ? Je veux dire, si l'on oublie le discours aviné de mon père, la drague lourdingue de Fabien et la crise de nerfs de Judith, c'était chouette, non ?

Elles rient toutes les deux. Corinne se redresse, caresse le visage de sa compagne :

— Je vais aller me défouler au potager, ne t'occupe pas de moi. File au lit, dors bien, je te rejoins dans une heure !

— Parce que, même le jour de ton mariage, tu vas grattouiller la terre ! Tu es incroyable !
— J'ai vraiment envie de repiquer les derniers plants de salade. Il a fait chaud, on ne peut les laisser traîner, mais je reviens vite ma biche !

Lydie sort du véhicule, elle pose les pieds nus sur les gravillons, ses escarpins à la main. Arrivée à l'entrée de la maison, elle envoie un baiser à Corinne.
Celle-ci pénètre à son tour dans la bâtisse, elle enfile une combinaison de jardinage par-dessus sa jolie robe, puis elle chausse des bottes en caoutchouc.
Elle surveille les alentours, ouvre la portière côté chauffeur et pousse la voiture dans le garage sans mettre le moteur en marche. À l'intérieur, elle relève le coffre et se penche au-dessus, tend les bras, et dans un effort intense, en extrait le corps inerte d'un homme. Elle le dépose sur le sol en ciment et s'éloigne pour chercher la remorque qu'elle utilise habituellement dans ses serres.

À la déclaration de leur mariage, le père de Lydie était devenu livide, terrassé, comme si le monde s'écroulait autour de lui. Les semaines qui suivirent, les filles se rendirent compte qu'il mettait beaucoup de bonne volonté pour accepter leur situation. Ce fut début mai qu'il annonça à Lydie son choix de célébrer lui-même leur union. Étant adjoint au maire du village, sa proposition les rendit folles de joie. Ce changement de position de la part d'Arnold était aussi dû au fait qu'il appréciait énormément sa belle-fille. Pour lui, Corinne est solide, travailleuse et bigrement intelligente. Et le couple qu'elle forme avec sa Lydie lui apparaît attachant et sympathique, ce qui lui a permis d'oublier qu'il n'aura peut-être jamais de petits-enfants.

Corinne hisse comme elle peut le corps pesant sur la remorque. Elle épie autour d'elle, tout est calme. Elle contourne le garage et s'éloigne en direction de l'extrémité de la parcelle, l'endroit le plus à l'écart de l'habitation. Le sol très sec depuis un mois craque sous les roues. Son regard va et vient, elle guette le moindre son, le moindre mouvement inhabituel. Parvenue à destination, elle empoigne la pelle et commence à creuser un trou. Si la croûte de la terre est dure, dès qu'elle la pénètre un peu plus, elle s'aperçoit avec soulagement qu'elle est meuble en profondeur. Corinne est une femme forte, puissante, grande et musclée. Son travail de maraîchère est à lui seul un véritable entraînement sportif. Elle souffle et enfonce l'outil sans relâche. Acharnée.

La cérémonie avait débuté dans la mairie du village, le père de Lydie était radieux, sa jeune sœur Ophélie tout autant. La vingtaine d'invités a chaleureusement applaudi après les consentements. Corinne n'avait convié que sa marraine, une vieille dame en tailleur Chanel et escarpins dorés. Elle était charmante et a passé la soirée à demander où était le marié !

Le repas dans la salle culturelle fut délicieux, le traiteur était de qualité. Après les entrées, Corinne et Lydie ouvrirent le bal en s'élançant dans une rumba endiablée. Après ce succès, le disc-jockey Alan envoya une série de slows. Et Fabien, l'ancien amoureux de Lydie, l'invita.

Ils commencèrent à danser en parlant de tout et de rien et subitement, le ton changea :
— Alors sale gouine, tu m'as piqué ma femme, tu ne l'emporteras pas au paradis ! Depuis qu'on a 16 ans on est ensemble, et toi, pouffiasse, tu t'amènes et tu la persuades qu'elle aime les filles ! Je vais te pourrir la vie, crois-moi, espèce de salope !

Corinne demeura hébétée devant tant de hargne. Elle sortit un moment pour prendre l'air, se dirigea vers le parking arrière, là où était leur véhicule. Il n'y avait pas âme qui vive, elle alluma une cigarette du vide poche et resta quelques instants à inspirer et expirer de façon à très vite oublier les propos entendus. Une ombre apparut brusquement à ses côtés.

— Tu serais un mec, je t'aurais cassé la gueule et j'aurais bien amoché ton portrait !

— Eh ben, viens ! Amène-toi, tu veux te battre, je ne suis pas contre !

— Oh, mais tu vas bousiller ta belle robe de gouinasse !

— Ne t'inquiète pas pour ça, alors, tu t'amènes ?

Il s'approcha d'elle, elle lui décocha un premier coup sur le coin du visage. Il recula, et bondit sur elle, tel un fauve. Il y avait peu de lumière, au loin leur parvenaient la musique et les cris des fêtards. Elle frappa, de toutes ses forces. Il tomba en arrière. Le bruit de la tête contre le bord de la murette résonna longtemps dans les oreilles de Corinne. Elle réagit très vite, ouvrit le coffre, hissa le corps du jeune homme, referma et retourna rejoindre ses invités, masquant tant bien que mal les

tremblements de son corps. Lydie se précipita à sa rencontre :
— Chérie, tu n'aurais pas vu Fabien ? Il devait danser avec moi !
— Si, mais il est rentré à pied, je crois qu'il avait un peu trop bu… Il avait l'air malade…
— Ah, ben tant pis, viens toi, viens faire tournoyer ta petite femme !

Elle a bientôt terminé, le trou est d'une taille plus que raisonnable. Elle pousse le corps à l'intérieur et entoure sa bouche du bandana qu'elle avait mis dans ses cheveux. Elle jette un seau de chaux vive sur le cadavre et recouvre le tout de sa bonne terre. Après avoir tassé, elle dispose sur l'emplacement du terreau et du compost puis commence à repiquer des jeunes arbustes. Elle s'applique, enfonce délicatement les racines dans le mélange meuble en leur expliquant qu'elles seront majestueuses comme ça au fond du jardin. Un craquement de branchage la surprend, elle se retourne et aperçoit Lydie en pyjama, toute ensommeillée :
— Je voulais t'attendre, mais je me suis endormie. Je viens de me réveiller en sursaut !
— J'ai terminé mon poussin, j'arrive !

— Oh, tu as planté des arbrisseaux pour faire une haie ! Ça va être magnifique !
— Oui, comme tu le souhaitais, forsythias, églantiers, sureaux, pommiers du japon !
— Tu as mis assez d'engrais, la terre est un peu pauvre ici !
— Ne t'inquiète pas mon cœur, il y a beaucoup d'engrais !

Le journaliste

L'ambiance était lourde en entrant dans le bureau du rédacteur en chef. Son regard sombre n'augurait rien de bon.
— Assieds-toi ! tonna-t-il.
J'obtempérai en silence. J'attendais la sentence.
— Quand vas-tu te réveiller Micka ? J'ai tout fait pour te garder, mais là, tu me mets dans une position inconfortable. Depuis ton bel article sur les infirmières pendant la covid, tu n'as rien sorti de valable ! As-tu une idée pour le mois prochain ?
— Eh bien… balbutiai-je, peut-être oui. J'ai rencontré une ancienne comédienne chez mon boulanger. Enfin, je pense que c'est elle…
— Tu crois ?! Et de quelle actrice s'agit-il ?
— Tu te souviens de Hélène Vitalis ?
— La blonde qui avait joué dans les westerns en Amérique ?

— Elle a interprété Emma Bovary dans le film français de Bob Lassus et ensuite elle est partie à Hollywood. Elle a fait carrière aux States. Lorsqu'elle est rentrée en France, plus aucun metteur en scène n'a voulu d'elle.
— Je me souviens un peu de sa tête, elle était plutôt jolie... mais elle doit avoir plus de quatre-vingt piges ! Je te donne cette chance, même si je ne suis pas convaincu que les lecteurs connaissent encore Hélène Vitalis. Trois semaines, Micka, pas une de plus !

J'avais lancé cette idée au hasard, il fallait bien dire quelque chose. Je me mis aussitôt à la recherche de l'ancienne vedette de cinéma. Le lendemain, je m'installai à la terrasse du café des sports, en face de la boulangerie. J'en étais à mon troisième expresso lorsque je la vis. Droite comme un I, une canne à la main gauche, elle avançait avec panache sur le trottoir. Coiffée d'un élégant carré gris, vêtue d'un manteau beige, elle avait encore fière allure. Je lançai la monnaie sur la table et traversai la route rapidement.
— Hélène ! Hélène Vitalis ! hurlai-je.
Elle se retourna vivement :
— Que me voulez-vous jeune homme ?

— Bonjour, madame, je m'appelle Mickaël Duport, je suis journaliste et j'aimerais vous interviewer.
Elle rit.
— Grand dieu ! M'interviewer ? Mais pour quels lecteurs ? Je suis morte depuis longtemps pour le public !
— Peut-être que non ! S'il vous plaît, accordez-moi un peu de votre temps, je ferai un article que vous adorerez, et vos admirateurs aussi !
— Des admirateurs ? Mais Coco, ils doivent se compter sur les doigts d'une seule main ! Mais soit, cela peut être amusant de ressasser les souvenirs d'une jeunesse lointaine ! Venez demain, à quinze heures. Voici mon adresse.
Elle me tendit une carte. J'étais ravi.

Je passai une mauvaise nuit me relevant toutes les heures afin de noter les questions qui me paraissaient essentielles. À quatorze heures j'étais déjà en face de sa demeure. Je dis demeure, car madame Vitalis vivait dans un ancien manoir du XVIIIe siècle. J'attendais dans ma voiture, excité comme un adolescent à son premier rendez-vous galant.

Je sonne à l'immense porte en chêne sculpté. J'entends des pas, une personne d'une quarantaine d'années ouvre. Jolie, elle se présente :

— Bonjour, je m'appelle Farida, je suis la gouvernante d'Hélène. Enfin, sa femme de compagnie ! Entrez, elle vous attend !

Je la suis à travers un hall majestueux, marbre au sol et plafond en stuc moulé de motifs floraux. Les meubles sont somptueux. Je me fais la réflexion que finalement, Hollywood lui a plutôt réussi.
Hélène est assise dans un salon coquet décoré de nuances vertes, des rideaux aux fauteuils.

— Bonjour, Mickaël, installez-vous dans la bergère. Et commençons, voulez-vous ?
Que désirez-vous savoir ? Un thé ? Un café ?

— Un thé, avec plaisir, merci ! Puis-je vous demander pourquoi vous avez une canne ? Souci de hanche ou de jambe ?

— Oh non ! Pas du tout ! C'est uniquement par coquetterie… Je trouve ça terriblement chic une vieille dame avec une jolie canne, pas vous ? Et puis, ce n'est pas n'importe quelle canne ! Imaginez-vous qu'on me l'a vendue en 1956 comme étant l'une de celles de Sarah Bernhardt !

— Rien que cela !

Je m'en empare et l'examine de près. Je poursuis :

— Cela paraît plausible, elle est vraiment belle cette canne, c'est un ouvrage très ancien, très travaillé aussi !

— On dit que c'est celle qu'elle aurait eue tout de suite après son amputation ! Elle daterait donc de 1915… Peut-être… Savez-vous que sa jambe amputée avait disparu, après l'opération, personne ne l'a jamais retrouvée ? Ce fut un énorme scandale à l'époque ! On se demande bien pourquoi, la belle affaire, elle était pourrie de toute façon !

Je ris, un peu gêné, je découvre une femme drôle et assez originale. Ce qui n'est pas pour me déplaire. Je réponds aussitôt :

— C'est vrai, quelle idée ! On voulait sans doute en faire une relique à visiter ! Vous savez, comme les morceaux de phalanges des saints dans les églises ! On met ça sous cloche de verre et hop, ça attire les touristes ! Imaginez un musée original : Mesdames et messieurs, admirez à votre droite, la tête embaumée de Danton, à votre gauche, la jambe amputée de la grande Sarah, si vous continuez, au fond, vous trouverez le nez de Cléopâtre et le scalp d'Attila ! Ah bah, nous sommes de fichus fétichistes !

Hélène s'esclaffe :
— Et que va-t-on mettre d'Hélène Vitalis ? Son appendice ? Non, une mèche de cheveux ou l'un de mes yeux ? Bon, assez ri, nous allons prendre le thé... Vert ou Earl Grey ?
— Un thé vert, merci, Hélène !
— C'est Farida qu'il faut remercier, elle est formidable. Elle a cuisiné des cornes de gazelle. Farida !
Elle appelle la jeune femme qui apparaît aussitôt.
— Fais-nous du thé vert, ma chère Farida... Et, s'il te plaît, apporte-nous tes merveilles !
Elle me lance un clin d'œil complice, de mon côté, j'observe la gouvernante, je la trouve fascinante. En plus d'être jolie !
Hélène me regarde en coin.
— Elle est incroyable, n'est-ce pas ? Douée pour tout. Je suis tombée sur une perle !
— Elle vit ici ? Je veux dire, dans cette maison ?
— Non, elle dispose du chalet au fond de la propriété. C'était un ancien pavillon de chasse, il est magnifique. Elle est divorcée depuis six ans... Un mariage malheureux. Sans enfant. Je suis à présent sa seule famille, et je l'aime comme ma fille. Qu'est-ce que je disais ? Ah, les cornes de gazelle ! Connaissez-vous cette pâtisserie ?

— Il me semble en avoir déjà vu, mais jamais goûté. Ce sont des gâteaux d'Afrique du Nord, non ?

— Oui, marocains, je crois ! C'est divin, de toute façon, un biscuit qui se nomme corne de gazelle ne peut-être que divin ! Savez-vous que gazelle vient du persan et signifie élégante et rapide ! Quand on pense qu'elle peut courir jusqu'à quatre-vingts kilomètres-heure ! Effarant ! Qu'est-ce que je disais ? Ah ! Ces gâteaux ! Une damnation pour la ligne des femmes, une boule d'amande et de datte enrobée dans une sublime pâte sablée !

— Ah, mais vous n'avez pas de soucis de ce côté, chère Hélène, vous êtes mince comme un fil, une vraie taille de mannequin ! Et quand je consulte votre book, il n'y a pas de changement depuis cinquante ans. À la télé, j'ai vu : « Trois otages au Pérou » de 1967, vous étiez si svelte dans votre veste-saharienne ! Vous avez joué avec Sean Connery, était-ce dans ce film ?

— Oh non ! C'était un peu plus tôt, avant qu'il ne tourne dans le premier James Bond. Mes débuts en 1961… J'étais une oie blanche et lui un homme si beau ! Il m'impressionnait, j'étais terrifiée sur le plateau dès qu'il apparaissait. J'avais eu un petit rôle de barmaid dans ce navet : « L'enquête mystérieuse ». Ensuite j'avais été choisie pour jouer Tatiana dans : « Bons baisers de Russie », mais il y eut un coup fourré et ce fut l'Italienne Daniela Bianchi qui fut prise.

Elle soupire. Farida pénètre dans la pièce. Elle porte un plateau contenant le thé, des tasses et une assiette de gâteaux dont l'odeur m'appète avec insistance.
Farida pose la vaisselle sur la table, ses gestes sont doux et gracieux. Je suis sous le charme. C'est une grande femme mince, ses cheveux bruns sont tirés et nattés sur l'arrière de la tête. Ses yeux en amandes sont des perles brillantes entourées de longs cils. Elle porte un pull bleu pastel et un jean. J'aimerais l'inviter à partager notre thé, mais je ne suis pas chez moi ! Je croise le regard d'Hélène, elle me sourit puis demande :
— Farida, ma belle, va donc te chercher une tasse et installe-toi avec nous !
La jeune femme revient avec le nécessaire et s'assied simplement à ma gauche. Elle verse le liquide odorant dans chaque récipient et nous propose un gâteau. Je mords avec délectation dans le biscuit qui se brise et répand des miettes sur mon

pantalon. Je suis confus et les deux complices éclatent de rire. Je me sens rougir. J'avale la délicieuse bouchée et m'excuse pour les dégâts. Farida pose une main sur la mienne :

— Il n'y a pas de problème, Mickaël, ma pâte est très friable et tout le monde se fait prendre. Comment trouvez-vous mes cornes de gazelle ?

— Un régal ! Franchement, je n'ai jamais rien mangé d'aussi exquis !

Hélène me regarde et ajoute :

— Je vous avais prévenu ! C'est une championne ! Toujours se fier aux paroles des vieilles dames, elles sont gourmandes comme des chatons ! Et dites-moi, que nous reste-t-il en dehors de ces gâteries ? Plus d'amour, plus de sexe… Il faut bien qu'on se rattrape, les plaisirs de la table comblent en partie nos manques !

Je bois une gorgée de thé et reprends mon carnet. Je dois justement parler de vos histoires d'amour, Hélène, les lecteurs sont friands de ce genre d'articles.

— Avez-vous eu une liaison avec Sean Connery ?

— Non, à l'époque, on le disait amoureux de Claire Bloom, mais elle était encore mariée à Rod Steiger. Bref, j'ai quitté l'Angleterre et suis partie aux États-Unis en 1965. Pour répondre à votre question de tout à l'heure, dans : « Trois otages au Pérou », je partageais l'affiche avec John Hurt. Et oui, nous avons eu une liaison courte, mais passionnée. Je suis fatiguée, Mickaël, pouvons-nous en rester là ?

Machinalement je consulte ma montre, il est déjà dix-sept heures. Le ciel s'est assombri. Je me lève et prends congé d'Hélène. Farida me précède jusqu'à la porte, elle me tend mon blouson et dit :
— On se voit dans deux jours ? À la même heure ! Demain je dois l'emmener à sa visite hebdomadaire chez son fils. Il est en fauteuil roulant et ne se déplace pas.

Je quittai la propriété et retrouvai ma voiture. Je restai un moment assis, sans bouger derrière le volant. Je consultai mon téléphone, le rédac-chef avait laissé un message. Je pris le temps d'écouter avant de démarrer et filai au journal.
Je fulminais, car au bas de la rue il fut impossible de trouver une place de parking. Finalement, à force de tourner dans le quartier, j'en dégotai une à cinq cents mètres du bâtiment.

J'entrai sans frapper, Marcel me foudroya du regard.

— Ça va mec, ne t'énerve pas ! Je suis sur un coup extra, elle est épatante cette vieille dame et ne rechigne pas à se livrer. Je vais déjà rédiger un premier article que je t'envoie demain.

— OK, j'attends avec impatience. Tu es prévenu, c'est mauvais, tu prends la porte ! Je ne paie pas les gens à ne rien foutre !

Après une nuit un peu mouvementée pendant laquelle Farida dansa dans ma tête, je me levai tôt et m'installai devant l'ordi, un café serré à la main. Rédiger un article alléchant pour le lecteur, flatteur pour Hélène et attrayant pour mon boss, tout un programme. À midi dix, mon téléphone tinta, je pensai que le message venait du journal, mais non, c'était un numéro inconnu pour moi. Par curiosité, j'ouvris, bien m'en prit, c'était Farida qui m'interrogeait sur mon travail. Je restai un moment interdit, puis vite, enregistrai ses coordonnées et lui répondis que j'avançais bien et que si elle voulait, je pouvais lui faire découvrir le premier paragraphe. Mais sur une adresse mail, pas par texto !

Elle envoya un « OK », je souriais béatement devant mon PC.

Je m'habillai pour mon jogging quotidien. Le temps était plutôt doux pour un mois d'octobre. Quelques feuilles voltigeaient çà et là. Je suivis les quais, rencontrai madame Dubreuil qui me coupa dans mon élan !
— Ça va mon petit Mickaël ? Alors, toujours pas de copine ? Oh, mais ce n'est pas bien ça ! Et tu travailles encore dans ta revue, je veux dire, ta feuille de chou ? Tu aurais pu faire de grandes choses, mon petit Mickaël, je le disais sans arrêt à ta mère, Dieu ait son âme ! Tu étais si doué en math ! Enfin, je vais à la boulangerie. Cours bien ! Bonne journée mon petit Mickaël !

Je repris mon souffle. Madame Dubreuil fut professeur de mathématiques au collège de mon quartier et, pour mon malheur, se trouva un logement à deux immeubles de chez moi. J'ai beau faire, chaque fois que je sors, elle est là, avec son cabas ou à discuter avec une voisine, elle me fait de grands gestes pour que je porte attention à elle.
Je terminai mon sport, arrivai en nage à l'appartement, après une douche et un café, je refis le chemin inverse et allai au rendez-vous avec Farida. Heu, non, avec Hélène Vitalis.

Justement, c'est Farida qui ouvre la porte, un sourire rayonnant barre son visage. Le cœur battant, je la suis dans les couloirs recouverts d'une épaisse moquette. Nos pas sont silencieux. Nous entrons dans un boudoir différent de la semaine précédente, ici tout est prune. Une ambiance feutrée et chaleureuse, assez agréable. Hélène est installée dans un vaste fauteuil, elle tend sa main que je serre doucement tant elle paraît fine et fragile.

— Bonjour jeune homme, asseyez-vous ! De quoi allons-nous parler aujourd'hui ?

— Si nous échangions sur vos amours. Ou sur l'amour dans votre vie ?

— Mon Dieu… À dix-huit ans, j'attendais le coup de foudre, le vertige, les caresses, les baisers… Le réconfort aussi, je rêvais d'un garçon solide et protecteur, le fantasme de toute oie blanche ! Une âme sœur… Mon papa était mon premier amour, fort, vaillant et beau !

Je la regarde, son visage s'anime à l'évocation de son père. Puis elle ajoute :

— Attrapez cette photo en noir et blanc, là-bas, devant la plante, il s'agit de mon premier mari : Ernest, brave, un peu bête, et surtout feignant, même au lit ! Je l'avais rencontré au théâtre à Paris, il était machiniste. Trois années d'ennui profond, en plus, il voulait que j'arrête mon métier. Me voir embrasser un comédien tous les soirs sur scène, ça le rendait fou de jalousie. Alors, pour combler mes après-midi de désœuvrement, je l'ai trompé avec mon partenaire ! Dès que mon brave Ernest sortait travailler dans ses coulisses, je téléphonais à mon Apollon. Un bel homme, musclé, malin comme pas deux, très sportif aussi. Il venait en courant, entrait en escaladant la glycine et repartait par le même chemin ! C'était inutile puisque nous étions seuls, mais ça lui plaisait, il avait besoin de piment dans sa vie, et j'avoue que j'adorais ça ! Il m'envoyait au septième ciel… Il n'a jamais percé dans le cinéma, mais croyez bien qu'il avait des talents cachés !

Nous rions tous les deux. Farida entre avec un plateau de thé et des biscuits. Hélène ôte la photo et la pose sur le sofa.
— Aujourd'hui, nous dégusterons de classiques madeleines. Farida en fait de merveilleuses et fondantes à souhait ! Reste avec nous ma belle, on parle de mes amours, toi qui connais tout de moi, tu pourras me

corriger si je m'égare. Ma mémoire me joue parfois des tours !
— Tu es modeste, Hélène, tu n'as aucun problème avec les souvenirs !

Je les observe toutes deux. Complices, amies ou un genre de relation mère-fille ? Je reprends mon carnet, et tout en savourant les gâteaux, j'ose poser une question qui me taraude :
— Vous n'avez pas divorcé ? Pourquoi rester trois ans avec Ernest, cet homme que vous n'aimiez plus ? Surtout que si je calcule bien, vous aviez… vingt-deux ans ?
— J'en avais vingt et un ! Nous nous sommes séparés en 1960, je projetais déjà de quitter la France. Ernest a fini par comprendre que nous n'étions pas faits l'un pour l'autre. Je me suis remariée avec Armand Ludin en 1961. C'était la passion, l'amour fou, de la folie furieuse, je n'ai jamais retrouvé cela ensuite… On s'était connu au théâtre Édouard VII avec la pièce « Mademoiselle de Belle Isle », d'Alexandre Dumas. J'interprétais Gabrielle et lui, le chevalier D'Auvray. Ce fut vraiment l'amour fou… Il m'a accompagnée aux États-Unis. Puis tout s'est étiolé là-bas… Désagrégé. Il faut dire que j'ai beaucoup joué avec mes sentiments.

Savez-vous qu'il y existe plusieurs sortes d'hommes ? Le romantique, l'explorateur, le fornicateur, le cavaleur... et quoi encore ? Le fidèle ?
— Je l'ignore, Hélène, voulez-vous éclairer ma lanterne ?

Je guette Farida à la dérobée, elle sourit en écoutant la vieille dame. De temps à autre, elle lui touche la main comme pour lui signifier sa présence ou son attachement. Hélène nous regarde l'un après l'autre et poursuit :
— Ernest était un peu romantique, mais feignant au lit, je vous l'ai dit !
Armand, c'était un explorateur, il visitait chaque centimètre carré de mon corps, découvrait, me caressait inlassablement... Chaque fois que l'on faisait l'amour, j'avais le sentiment d'être la huitième merveille du monde, et chaque jour l'impression d'être une nouvelle merveille ! Jean-Yves c'était un cavaleur fornicateur... Il les voulait toutes, je faisais juste partie de ses multiples conquêtes, un vrai Don Juan ! Franck était romantique, fleurs, chocolats, petits cadeaux à chaque visite...
Et vous, cher Marc, vous vous classez dans quelle catégorie ?

Sa question me laisse pantois, je rougis, gratte ma gorge, jette un coup d'œil à Farida qui est hilare. Je décide d'en rire :

— Je… Je ne sais pas, ce n'est peut-être pas à moi de répondre ! Bien que je pense avoir été explorateur à certains moments de ma vie, j'ai aussi été un cavaleur-fornicateur, mais je n'en suis pas particulièrement fier… En ce moment, je ne suis plus rien… mais je peux être romantique et fidèle, j'en suis capable, dis-je en respirant fort et en regardant les deux femmes.

Hélène se penche en avant et tapote mon bras :

— Oh ! Vous êtes jeune, ne vous inquiétez pas !

Elle boit une gorgée de thé et reste rêveuse quelques instants. Farida me présente l'assiette de gâteaux, je me sers avec empressement.

— Et bien voilà, je vous ennuie avec mes sottises, je vous gêne et en plus je sombre dans des banalités : Vous êtes jeune ! Ça doit vous rassurer ! J'ai dit ça parce que je ne sais pas quoi vous raconter d'autre !

Ce fut un grand moment de solitude pour chacun de nous. Et j'ajoute en riant :

— Après cet interlude, reprenons le fil de notre conversation. A ma première visite, je vous ai parlé de Sean Connery… Il circulait pas mal de choses sur vous deux !

— Ce qui était stupide, il n'y a jamais rien eu entre lui et moi. Je vous l'ai dit, en arrivant à Hollywood en 1965, je me sentais terriblement seule, John Hurt venait d'y débarquer aussi, il avait ce côté éternel adolescent qu'ont certains Anglais et qui me rassurait. Il a consolé ma solitude quelque temps. Puis j'ai rencontré le metteur en scène Jim Coroy. Coup de foudre, dernier mari, un enfant. C'était un type formidable, mais il aimait trop les bolides.

— Il a eu un accident de voiture en 1978, c'est ça ?

— Oui, lui est mort et notre fils est resté paralysé. Je reconnais qu'ensuite, je n'ai plus eu goût à rien. Nous sommes rentrés en France, Paul et moi. J'ai joué de petits rôles, par-ci, par-là. Rien de notoire, comme vous le savez !

Hélène se lève, empoigne la canne sculptée, me fait un clin d'œil :

— Parfois Mickaël, j'avoue avoir besoin d'un bâton de vieillesse. Je pense que vous avez suffisamment d'éléments pour un article. Je vais me reposer, je vous laisse. Il me semble que vous avez des choses à vous

dire, et je crois même que je vous reverrai ici ? N'est-ce pas ? Elle se tourne vers Farida :
— Je ne me trompe pas, ma chérie ?
— Non, Hélène, je suis certaine que Mickaël va devenir un habitué du manoir !
Hélène rit, elle quitte la pièce en boitillant. Je me penche vers Farida, elle tend sa main, nos doigts et nos regards s'entrecroisent.

Éros et Thanatos

Yvon se lève brutalement, la chaise tombe au sol dans un fracas épouvantable. Il ne la ramasse pas et fonce à la cuisine se verser un nouveau café. Le troisième en une heure. Il s'agace, boit nerveusement, regarde à la fenêtre, jette un coup d'œil à la pendule. Il enfile un imperméable beige sans forme, puis se précipite dehors. Il traverse l'avenue en se faisant klaxonner et, comme la pluie se met à tomber, il arrive trempé au bistrot du commerce. Accoudé au bar, il commande une bière et observe les clients, âgés pour la plupart, certains jouent aux cartes, d'autres discutent ou lisent le journal. La serveuse, une femme d'une cinquantaine d'années paraît absente, indifférente à ce qui se passe dans son établissement. Un type entre, il secoue ses cheveux dégoulinants, lève la tête et ses yeux croisent ceux d'Yvon. Celui-ci fronce les sourcils, réfléchit puis sourit et interpelle :

— Vincent ? Le Puf ? C'est toi ?
— Yvon ! Mon vieux Shorty ! Oh mec, y'a longtemps qu'on ne m'appelle plus Puf !
— Et Shorty est sorti de ma vie depuis belle lurette ! Que fais-tu dans ce bar ?
— J'avais un client à voir, je suis toujours dans les assurances. Tu le crois ? Le gars ne m'a même pas offert un coup à boire ! Et toi, tu habites dans le coin ?

Yvon scrute son ancien camarade de fac. Il n'a pas beaucoup changé, à part quelques rides de plus et des cheveux en moins. Son regard descend au niveau de la ceinture de son ami et il observe une rondeur substantielle résultant sans doute d'un excès de bière et de bonne chère. Simultanément, il tâte son ventre et soupire de soulagement. Il est resté svelte et tonique malgré les heures passées au bureau devant son ordinateur. Yvon est grand, son visage est mince, il possède quelque chose d'élégant avec ses sourcils bien dessinés, ses iris bleus et sa bouche finement ourlée. Ses cheveux châtains sont un peu longs et légèrement bouclés, il les tire en arrière d'un geste nerveux de manière à les coincer derrière les oreilles. Il porte un pull mohair indigo qui met son regard en valeur. Vincent a une figure ronde animée par des yeux noisette, un nez droit, les lèvres sont en partie masquées par une moustache en broussaille. Il est vêtu d'une chemise beige froissée, le pantalon est encore trempé aux genoux.

— Que deviens-tu Shorty ? C'est vrai que depuis tout ce temps, je n'ai aucune idée du job que tu fais !
— J'écris. Rien d'original. Je suis auteur, je traduis aussi.
— Ah, OK. Je suis frustré, j'avoue que je te croyais prof d'université ou linguiste… Un truc de dingue.
— Ça te déçoit ?
— Ben, quand même un peu. Tu étais si brillant. Le meilleur.
— Et toi ?
— Bah, j'ai traîné en informatique. Puis je suis resté dans la boîte de mon père quelques années, ensuite je me suis pris la tête avec lui. Je suis dans les assurances. Mais ça marche pas mal.

Yvon boit sa bière lentement, son regard est attiré par une jeune femme assise dans l'angle non loin de la porte. Elle rêve en sirotant un thé, elle souffle sur la tasse brûlante. L'homme ne la quitte pas des yeux, il la trouve ravissante. C'est une jolie brune,

une métisse aux cheveux noir de jais. Elle est de face, son visage gracieux le séduit. Il a envie de planter son ancien ami qui continue de jacasser. Il ne l'entend pas. Il lève la tête au moment où Vincent l'apostrophe :
— Quel est ton style d'écriture ?
Comme se réveillant d'un long somme, Yvon répond :
— Des nouvelles érotiques…
Son compagnon reste interloqué un instant puis s'exclame :
— Du cul ! Je ne le crois pas ! Tu ponds du cul ! Bon sang, tu es tombé bien bas, mec !
— Ce n'est pas du sexe, comme tu dis. Ce sont des histoires érotiques, rien à voir !
Vincent s'emballe et parle de plus en plus fort :
— Du cul, mais non ! Fais-moi lire un truc de cul, ça m'éclate, vas-y Shorty !
— Tu m'énerves, tu ne comprends rien ! C'est de la passion, de la poésie sensuelle…
— Ouais, ben du cul, quoi !

Yvon se lève brutalement, empoigne sa veste et sort en abandonnant Vincent à ses délires. Il allume une cigarette en faisant les cent pas sur le trottoir. Quelques minutes plus tard, Vincent passe la porte, il lui fait un signe et s'éloigne en revenant vers lui, il crie : « Du cul, mon vieux pote écrit des histoires cochonnes ! »

Yvon hausse les épaules, il écrase le mégot. Il entend une voix douce murmurer :

— J'ai l'impression que votre ami ne vous comprend pas, n'est-ce pas ?

Il se retourne, la belle brune est à ses côtés, elle allume une cigarette.

— Il a toujours été ainsi, c'est son style, sans nuance et assez abrupt !

— Et pourtant, justement, répond la jeune femme, l'érotisme suggère et n'impose pas, c'est enveloppé d'esthétisme, loin de l'obscénité de la pornographie…

Elle tend la main à Yvon :

— Bonjour, je m'appelle Suzanne, Suzon pour les intimes…

— Yvon, sans diminutif, même pour les intimes !

— Et Shorty, n'était-ce pas un surnom ?

— Heu, si. En fac, je me promenais dans les couloirs en culotte. Il faisait chaud à l'internat, je ne supportais pas d'être en jean. D'où ce sobriquet ! dit-il en bafouillant et en rougissant.

— Et donc, vous êtes auteur ?

— Je suis surtout traducteur, puis écrivain pour combler le vide de temps. Il m'arrive de ne plus avoir de travail pour les éditeurs, je mets ce temps à profit pour coucher sur le papier des nouvelles, principalement érotiques… Non pas que j'aime particulièrement, juste pour des demandes qui sont assez lucratives !

— Il n'y avait vraiment pas de quoi nourrir un tel scandale ! Votre ami est-il prude à ce point ?

— Non, pas à ma connaissance… Au contraire, je l'ai vu plutôt débridé à certaines de nos soirées. Bref, peu importe ! Et vous, que faites-vous de vos journées ?

Elle ne répond pas immédiatement, car elle lui fait comprendre qu'elle n'ose jamais trop parler de sa profession dès le début d'une rencontre…

— Ah bon ? Serait-ce un métier honteux ?

Elle rit tout en rallumant une cigarette et ajoute que ce n'est pas très courant, pour une femme !

— Je sais, vous êtes garagiste ! Il la détaille de bas en haut.

— Pas tout à fait ! Mais je répare quelque chose !

— Dépanneuse en électroménager ou en informatique !

Elle fait un signe de la tête.

— Je travaille sur les humains…

— Médecin ? Dentiste ?

Elle opine du chef en souriant, elle aspire lentement en soufflant la fumée vers le haut

et en fermant à demi les yeux. Yvon la mange du regard. Elle porte une robe rouge en lainage, cela met ses formes pulpeuses en valeur. Il continue d'énumérer les professions :
— Esthéticienne ?
— Vous chauffez, mais ce n'est pas encore juste ! J'interviens à la fin de la vie…
— Thanatos machin chose !
— Je suis thanatopractrice !
— Waouh ! Ça n'est pas trop difficile ? Et je veux dire, vous avez choisi ce métier ?
— Je travaille avec mon père, et oui, j'aime ça. Redonner de la beauté et de la dignité après la mort. C'est très technique aussi, il ne faut pas croire. Parfois les obsèques ont lieu une semaine après le décès, mon boulot est alors très important. Les soins de préservation permettent à la famille de se recueillir devant leur défunt qui semble dormir… je suis comme un chirurgien, mais post mortem ! Ça vous fait peur ? Et si je vous dis que j'adore ce job, je vous choque ?
— Pas du tout ! Il sourit.
— Pourquoi souriez-vous ?
— Je pense à Sigmund Freud qui faisait s'affronter les deux pulsions, la première, sexuelle d'autoconservation d'Éros, et la seconde, pulsion de mort, Thanatos !

— Oui, bien sûr, j'ai fait de la philo, et Platon avait une idée, reprise par Freud. Le mythe d'œdipe ! C'est un des concepts centraux de la psychanalyse, théorisé par son inventeur, Sigmund Freud, dans ce qu'il appelle la première topique. Selon lui, le complexe d'œdipe, ou tout simplement l'œdipe, est le désir inconscient qu'aurait chaque enfant ayant atteint le stade phallique, d'avoir des rapports sexuels avec son parent de sexe opposé, Éros sous la forme de l'inceste, et la mort du parent de même sexe, devenu son rival, Thanatos sous la forme du parricide. Ça me plaît bien, et toi ? Je te dis tu, ça ne t'ennuie pas ?
— Pas du tout ! Je suis ton Éros et tu es ma Thanatos. Je remercie Vincent d'avoir attiré ton attention dans ce bistrot aujourd'hui ! Tu viendrais boire un verre chez un type qui écrit des histoires de cul ?
— Avec grand plaisir !

Mariage, 2ème partie

Les recherches ont duré plusieurs mois. Fabien restait introuvable, et pour cause !
Les gendarmes nous ont interrogées, nous répétions inlassablement les mêmes phrases :
« Il était saoul et nous a dit qu'il rentrait chez lui à pied »
Sa voiture fut examinée en détail, les inspecteurs retrouvèrent son portable sous le siège passager, son portefeuille, lui, avait disparu. Ça, je le sais, il est avec lui sous la haie.
L'enquête s'arrêta le jour où un flic plus curieux que les autres, dénicha dans l'ordinateur, un fichier sur des offres d'emploi à l'étranger. Annoté à côté, Fabien avait écrit : je postule au Costa Rica, à Cuba, aux Bahamas et en Australie !
Sa famille déduisit alors qu'il était parti pour de bon, d'autant plus que le passeport avait aussi disparu. Je suis au courant, c'est moi qui l'ai trouvé dans la boîte à gants, le

fameux soir. Je l'ai brûlé avant de le jeter sur le corps.

Lydie et moi coulons des jours heureux, mon entreprise a très bien démarré et Lydie s'épanouit dans son travail. Nous avons annoncé à son père que nous projetons de faire un bébé cette année. J'ai bien vu qu'il était perplexe et n'osait pas nous demander de quelle manière on s'y prendrait. Lydie a trouvé les mots pour expliquer que nous prévoyons un voyage en Belgique et que ce serait sa fille qui serait la maman porteuse pour ce premier bébé. Car oui, il y en aura sans doute un deuxième. Il a sorti le champagne, il était fou de joie.

Nous avons rencontré les parents de Fabien dimanche après-midi en nous promenant. Ils sont persuadés que leur fils est à l'étranger et qu'il réapparaîtra un jour ou l'autre. Sa mère a avoué qu'ils n'avaient pas une bonne relation avec lui. Leur garçon avait un caractère très spécial et ne s'entendait pas du tout avec son père. Elle n'a pas été surprise de sa disparition, d'autant plus que le matin même du mariage, il avait été odieux avec eux deux. Je ne suis pas étonnée, le peu d'échanges que j'eus avec lui furent pour le moins mouvementés. Et je reste persuadée que s'il n'y avait pas eu cet accident, c'est lui qui m'aurait tuée…

Je suis en train d'arracher l'herbe sous la haie Fabien, c'est ainsi que je la nomme dans ma tête. Nous sommes au printemps, les forsythias défleurissent pour laisser place aux pommiers du Japon. C'est magnifique ! Au fond de moi, je remercie ce type, même si j'ai été sujette à de nombreux cauchemars au début. Parfois je me dis que j'aurais besoin de soulager ma conscience et de me confier à quelqu'un… Mais à qui ? L'autre jour, nous étions chez des amis, des vrais, chouettes, que l'on aime et qui nous aiment. À un moment, j'étais seule avec Lætitia et Claude, son mari. J'étais prête à leur avouer que je savais où était Fabien… Et puis, j'ai respiré profondément et me suis tue. Est-ce que je tiendrai le coup ? Je me répète sans cesse que je ne suis pas une tueuse, c'est vrai, il a tout fait lui-même… Enfin, je l'ai un peu poussé.

Lydie monte le chemin escarpé qui mène au jardin, je la regarde marcher. Elle est si gracieuse, si merveilleuse. Il voulait me la prendre, mais personne ne me la volera, jamais !

Elle arrive près de moi, m'embrasse.
— Comme c'est beau, elle est splendide cette haie ! Moi je l'appelle haie de notre mariage, et toi ?
— Pareil, haie de notre mariage !
— On a tellement d'imagination ! ajoute t-elle en s'esclaffant.

Mamie Lucette
d'après la pièce éponyme

Ce parc fait partie de mon environnement depuis plus de soixante ans. Avec Pierre, nous venions prendre l'air régulièrement sur un banc. Toujours le même. Celui qui se situe près des arbustes et non loin de la fontaine. En été, l'endroit est rafraîchissant et l'ombre bienfaitrice. À la fin de sa vie, mon mari ne voyait plus rien, alors je l'aidais à s'installer sur le siège, je lui décrivais tout ce qui se passait autour de nous. Un enfant qui faisait des zigzags en bicyclette, des amoureux qui s'embrassaient, les oiseaux au-dessus de nous, les fleurs des seringas et même l'affreux chien qui déambule depuis des années à travers les allées. Paraît-il qu'il appartient au gardien. Je suis vieille à présent, mais je continue de faire cette promenade quotidienne. À petits pas et aidée de ma canne, je traverse le quartier pour m'installer ici. Parfois je lis une heure ou deux, mais toujours je ferme les yeux une douzaine de minutes pour bien m'imprégner de l'ambiance, son, odeur et température…

Des tas de fesses traînent sur ce banc, chaque jour je donne un coup de chiffon sur les lattes en bois avant de me poser. Aujourd'hui le parc est grouillant de monde, j'ai eu si peur de ne pas trouver ma place habituelle. Je baisse les paupières et je respire lentement. Il fait doux, les cris me semblent très éloignés alors qu'en réalité, ils sont proches. Après quelques instants, je perçois une présence, le siège est légèrement secoué. J'entrouvre les yeux et je vois une jeune fille. Une adolescente. Je lui donne quatorze ou quinze ans. Longue et mince, comme grandie trop rapidement, un visage sérieux encadré de beaux cheveux bruns, elle m'observe avec curiosité. Elle a mis son derrière sur le dossier et les pieds sur l'assise. Elle se penche et dit :
— Ça vous ennuie si je me perche là ?
— Heu, non, avec tout ce monde, il n'y a plus de place…
— Vous dormiez, j'ai bien vu !
— Non, je ne dormais pas, je t'assure. Je respirais les parfums alentour et j'écoutais les bruits, tous les bruits !

— Ouais, il y a surtout des mômes qui braillent, c'est mercredi, bonjour l'invasion ! Mais j'aime bien venir ici.
— Je crois que je t'ai déjà vue, mais tu vas plutôt vers la fontaine…
— Ouais, mais la place était prise, pas de bol ! Pff, j'ai chaud, je transpire comme une vache !

Je la regarde un peu étonnée par cette expression. Je lui suggère alors d'ôter son blouson en cuir. Elle me toise en levant les sourcils :
— Mais non, c'est un blouson tout neuf, je viens de l'avoir pour mon anniversaire, il est trop classe !
Finalement, elle accepte de l'enlever et me montre un petit cœur sous l'étiquette.
Il paraît que c'est la preuve que c'est un vrai de la bonne marque. Pas de cœur, pas de marque. J'avoue que ça me laisse pantoise. Avec un sourire au coin des lèvres, elle me demande si je porte moi-même des fringues de marque. Je lui réponds que pour moi, un vêtement me plaît, ou ne me plaît pas, peu importe sa griffe… Mais qu'il doit être de bonne qualité ! Elle éclate de rire en disant :
— Pas terrible comme look !

J'ai une jupe plissée bleu marine, un chemisier blanc et par-dessus un cardigan parme. J'avoue ne pas m'être occupée de la mode depuis des années. J'attrape mon sac et en sors une tablette de chocolat, je me tourne pour lui en offrir, mais elle se redresse brutalement, fait tomber son blouson et crie :

— Eh ! Vous êtes qui vous ? Une sadique qui chope les mômes à grands coups de bonbons ou de chocolat ?

Cette fois, c'est moi qui glousse de rire :

— Tu m'as bien regardée ? Tu m'imagines en train de t'emmener de force ? Ce serait plutôt l'inverse, non ?

Elle ramasse son vêtement et s'assied à côté de moi. Elle tend la main, je dépose un carré qu'elle suce délicatement.

— Tu savoures, c'est amusant, tu manges ça comme un bébé ! Moi aussi, je le fais fondre doucement sur la langue, jusqu'à ce que ma bouche soit pleine de pâte…

— Oui, je le suçotte toujours comme ça. On sent le parfum du chocolat jusque dans le nez, ça envahit toute la tête, et ça dure plus longtemps…

Je lui parle de l'amertume, du velouté, étonnement, elle m'écoute avec attention. Je poursuis en lui racontant la petite histoire telle que je l'enseignais à mes élèves il y a de longues années.

— Le chocolat est arrivé en France au mariage d'Anne d'Autriche avec Louis XIII ! Après, c'est surtout Marie Thérèse et Louis XIV qui vont en consommer à la cour !

Elle réplique brusquement :

— Bien sûr, comme d'hab, le peuple n'y a pas droit ! Ça n'a pas changé ! Maintenant le chocolat, on peut, mais pas les Porsche ni les montres de couture !

Son petit coup de gueule me fait sourire. Je narre une autre anecdote sur l'histoire :

— Sais-tu que les Amérindiens avaient offert des fèves de cacao à Christophe Colomb, et qu'il les a jetées par-dessus bord ? Il a cru que c'était des crottes de chèvre !

— Oh les nuls ! C'est drôle ! Vous en savez des choses !

— J'étais professeur d'histoire-géo !

— Ah, ben j'aurais adoré avoir un prof comme vous !

— Je pense que l'histoire est faite d'anecdotes, de petites blagues, de vacheries aussi et que c'est de cela dont il faut se souvenir… S'il y avait eu des journalistes à l'époque, c'est ça qu'ils auraient annoncé…

Elle se lève et tourne en rond autour du banc en faisant mine de discuter dans un micro, je trouve cette gamine originale.
— Nous venons d'apprendre qu'une cargaison de fèves de cacao a été jetée par mégarde par-dessus bord de... C'était comment le nom du bateau de Christophe Colomb ?
— Le Santa Maria
— Par-dessus bord du Santa Maria... À l'heure où je vous parle, les plongeurs internationaux sont déjà sur les lieux et explorent les fonds marins !

Je ris, elle a l'air ravie de son petit numéro. Elle sort son portable et regarde l'heure. J'allais parler du téléphone, mais je préfère me taire. Tous les gens qui nous entourent ont le nez sur le leur. Même une maman avec ses deux enfants. À aucun moment, elle ne les surveille. Ça me fait mal au cœur. Je garde mes réflexions pour moi. L'adolescente s'empare de son sac à dos et se redresse.
— Je me sauve, j'ai du boulot !... Ben, salut ! Et merci pour le chocolat !
— Bonsoir jeune demoiselle. Comment t'appelles-tu ?
Elle a déjà fait une dizaine de pas, elle se retourne et crie :

— Kimberley !

Je me dis que ce n'est pas un prénom facile à porter. Mais après tout, les parents ont toujours de bonnes raisons pour choisir tel ou tel nom. Je ferme les yeux et me laisse porter dans la fraîcheur du soir. Je me lève et rentre doucement à l'appartement. Madame Grimey m'attend devant ma porte, elle me tend le courrier. Je sens qu'elle a envie de bavarder, mais j'ai à présent hâte de retrouver mon chez-moi.

Ce matin, ma voisine, une malienne, m'a offert des mangues. Elle va régulièrement à l'épicerie africaine à l'autre extrémité de la ville. Je me suis régalée d'une bien juteuse ce midi. Je garde la seconde pour plus tard. Il est seize heures, je me suis un peu oubliée à la sieste. J'espère que la jeune Kimberley fera une apparition au square. J'avoue que la conversation d'hier m'a fait un bien fou. Elle me rappelle sans doute ma petite Laura…
Je passe devant le café des sports, Thomas, un tablier blanc sur le ventre et un plateau rempli de verres colorés en équilibre sur la main, m'interpelle :
— Madame Martin ! Comment allez-vous ? Encore en balade ?

— Je vais au square prendre mon bol d'air journalier !

— Bonne promenade !

Telle une tornade, il a filé à l'intérieur de l'établissement. Depuis la porte du parc, j'aperçois « mon » banc. Kimberley est déjà perchée sur le dossier, elle scrute l'horizon. J'approche, elle sourit :

— Bonjour, Kimberley !

— Bonjour madame ! Vous êtes en retard, non ?

— Heu... Je me suis endormie après les informations télévisées ! Dis-moi, tu n'as pas d'amis de ton âge ?

— Si, si... tout à l'heure, j'ai rendez-vous avec mes potes, on va en ville, à la Fnac, pour écouter de la musique...

— Très bien, dis-je en nettoyant le banc, j'y suis passée hier matin. J'ai acheté ce bouquin, mais je l'ai terminé, je te le conseille. Il est vraiment très beau...

Elle me regarde d'un air dédaigneux, baisse la tête et grommelle :

— Je n'aime pas trop lire moi ! Ça me gave ! Elle prend le livre. Elle guette le titre : « L'homme qui voulait être heureux ». Oh, ça pourrait plaire à ma mère... Je peux lui prêter ? Ça ne vous ennuie pas ? Promis, je vous le ramènerai !... Non, moi je bouquine surtout des revues et ce qu'on nous force à lire au collège…

Je souris. Je me souviens que mon fils n'aimait pas trop la lecture à cet âge.

Elle poursuit :

— Je dois terminer un livre de Lucie Aubrac : « Ils partiront dans l'ivresse… ».

Elle m'observe un moment en silence, elle tord la bouche, puis elle enchaîne :

— Vous avez connu la guerre, vous ?

— J'étais toute gamine… Une petite fille, j'ai de vagues images… Je me rappelle surtout des larmes de ma mère quand son frère a été tué… Il était résistant… Tu sais ce que c'était que la résistance ?

Elle fait oui de la tête, ses cheveux bruns dansent autour d'elle. Je continue de raconter mes souvenirs. Elle m'écoute attentivement, puis m'interrompt :

— Mon papy m'a rapporté des trucs sur les camps de concentration et tout ça !

Elle parle d'une voix sérieuse de ce grand-père qui fut prisonnier à Buchenwald. Il faisait partie des prisonniers politiques espagnols, car il était né à Barcelone et était venu rejoindre aussi la résistance. Il est mort l'an dernier d'un cancer… Je sens une légère fêlure du ton à l'évocation de la disparition de son aïeul. Je décide de changer la conversation :

— Dis donc, j'ai apporté du chocolat !
— Cool, merci, madame ! Elle semble songeuse. Je le lui en fais la remarque. Elle répond :
— En fait, je me demande s'il y avait une guerre maintenant... Est-ce que les jeunes partiraient en résistance ? Vous le croyez, vous ?

Je réfléchis rapidement, les temps ont changé, cette jeunesse n'est plus la jeunesse de 1940, mais j'aime y croire :
— J'en suis quasiment sûre... Regarde en Espagne, les indignés, et en Grèce aussi. Ils font bien de la résistance. Tu sais, en 68, on a fait une révolution, et on était mômes... J'ai gardé confiance dans la jeunesse. Ce n'est pas que ce que l'on raconte...
— Waouh ! Vous y étiez, je veux dire, en 68 ? J'ai vu beaucoup de films sur cette période. Mais oui, vous avez peut-être raison... J'ai des copains qui sont super, mais j'en connais qui sont vraiment cons, racistes et bornés... Mais je pense comme vous que ça repartirait, et que même si on n'est plus aussi patriote, j'espère avoir le courage de défendre notre avenir... Pouh !!! Pourvu qu'il n'y ait jamais de guerre !...

Elle ne parle plus, concentrée sur la dégustation de chocolat. Mais je la sens en pleine réflexion. Elle me plaît beaucoup cette gamine.

— Il est extra le chocolat aux noisettes !
Elle se lève et se place face à moi :
— Une chose est sûre, je n'aime pas la politique… Je trouve ça mesquin, les politiciens sont tous moches dedans…

Cette expression me fait rire. Mais j'adore l'image, alors je répète :
— Tu as raison, ils sont tous moches dedans ! Mais, il en faut cependant !
— Des fois, j'en découvre des sympas. Enfin avant d'être ministres, quand ils ne sont rien, je veux dire, pas trop connus, et dès qu'ils sont au pouvoir, ils se transforment en pourriture…
— Comme tu dis, moches dedans !
Nous rions aux éclats toutes les deux. J'aime sa façon enfantine de formuler ses opinions. J'ai envie d'en connaître un peu plus sur elle, je me hasarde :
— Que font tes parents, Cocotte ?
Elle se met à glousser en mimant une poule :
— Cocotte !! C'est drôle ! C'est la première fois qu'on me dit ça ! Cot, cot, cot ! J'ai qu'une maman, pas de père. Elle est aide-soignante à l'hôpital. Elle est fille unique, je

suis fille unique, à maman unique. Mais j'ai une grand-mère. Enfin une pas tout à fait vraie, c'est la deuxième femme de mon papy qu'est mort, et donc ce n'est pas la maman de ma maman... Vous pigez ? Et elle n'habite pas ici...
Elle se met debout et tortille les fesses en tournant autour du banc. Un couple de personnes âgées s'arrête pour l'observer :
— Je préfère résider à Nice, le temps est mieux adapté à mon organisme... L'Est c'est trop humide et trop froid !
Elle s'installe sur le dossier :
— Vous verriez cette chochotte ! Oh purée ! Ce n'est rien de le dire ! Elle pue le Chanel numéro 5 à trois kilomètres à la ronde ! Au moins, vous, vous sentez bon, ça sent les fleurs quand vous arrivez !
Je suis amusée, et émue à la fois. Je bafouille un peu :
— Mais non cocotte, ce sont les seringas derrière le banc. Je me tourne pour lui montrer le magnifique buisson. Tu vois, les jolies fleurs blanches, elles sont très parfumées... Et peut-être aussi les troènes, ils sont en avance cette année...
Elle insiste :
— Nan, c'est vous !

Je lui demande si elle connaît son père. À peine ai-je prononcé ces mots que je les regrette. Ses yeux se voilent et des larmes discrètes roulent sur ses joues :

— Non, rien... Maman m'a dit que c'était quelqu'un de respectable. Mais j'ai du mal à le croire. On ne peut pas être bien et abandonner son enfant... Si ? Je saurai à mes 18 ans, c'est ce qu'elle me répète sans arrêt quand je la bassine avec ça... Et bien moi, je l'imagine mon papa ! Même si je suis furieuse après lui... Je l'imagine !

— Tu l'imagines ? Tu l'idéalises, c'est ce que tu veux dire ?

— Ouais, dans mes rêves, j'ai envie qu'il ressemble à Harrison Ford, ou à Colin Firth, vous voyez ?

En réalité, j'ignore de qui il s'agit, mais je l'écoute attentivement. Elle continue :

— Il serait ingénieur, chercheur... Astronaute... Un truc comme ça !

— Mon père à moi était directeur de l'école dans un village... Il avait rencontré ma mère qui amenait sa petite sœur en primaire... C'était la fille du boulanger... Tu vois, pas d'astronaute, ni de chercheur !

— Une histoire d'amour... C'est toujours une histoire d'amour... Entre mon papa inconnu et maman aussi ça a dû être une belle histoire d'amour ! La preuve, elle est encore seule, elle n'a pas remplacé mon père, elle me dit que je suis son bébé d'amour ! C'est tout ce qui compte, l'amour ! Et vous, vous avez des enfants ?

— Oui, un grand, il a quarante-deux ans et une fille de ton âge !

Je pense tant à mon Marc qui est si loin et qui me manque, mais l'expression de Kimberley se transforme subitement, elle devient sombre. Je me demande ce qui a déclenché ce changement d'humeur. Elle se livre innocemment :

— Ah ? Vous avez déjà une petite fille !

J'en suis chavirée. Cette gamine est étonnante. Je lui réponds et la rassure du même coup :

— Oui, j'ai déjà une petite fille… Qui habite avec ses parents à Sydney, en Australie ! Marc a toujours rêvé de l'Australie, depuis tout petit, ce pays le fascinait, alors dès qu'il a pu, il s'y est établi… Il est médecin. Et il a épousé une Australienne, une belle fille du cru ! Quand Laura est née, je suis allée là-bas. Mais c'est trop loin, trop long pour moi. Un voyage trop fatigant, je suis trop vieille à présent. On se téléphone beaucoup et j'ai fait installer un ordinateur, tu sais, avec ce truc, skype… Tu connais ça toi !

— Comme ça vous pouvez parler avec votre Laura ! Elle descend du dossier pour s'asseoir normalement. Ses yeux me scrutent avec insistance. Elle a un beau regard marron, pailleté de doré.

— Laura a les yeux bleus, elle est aussi jolie que toi, mais pour elle je ne suis qu'une grand-mère virtuelle. Elle parle très peu français, ce qui ne facilite pas la communication !

— C'est mignon, Laura comme prénom. Je n'aime pas le mien, il est horrible. Franchement, Kimberley… C'est laid ! Quelle idée elle a eu ma mère ! En plus, c'est aussi le nom d'une ville d'Afrique du Sud ! C'est ça le pire ! Le nom d'une ville ! Comme si je m'appelais Besançon ! Ou Lyon ! Bonjour Lyon, ça va ? Eh ! Dijon ! Tu viens au ciné avec moi ? Je t'aime Bordeaux ! Pff ! Moche, moche !

Elle ne s'arrête plus de parler. Je l'écoute en silence. Soudain, elle interrompt son discours :

— C'est quoi votre prénom à vous, madame ?

— Lucette, c'est le…

— Waouh ! La lose ! Bon c'est vieux et ringard, mais au moins, on le connaît, il est sur le calendrier ! Moi j'aurais aimé un

prénom du calendrier… Pour avoir ma fête, mon jour, comme les Catherine ou les Julie ! C'est Marie que j'aurais rêvé m'appeler…
Elle se lève, regarde autour d'elle, accroche son sac sur son dos. Je ne bouge pas, encore happée par son flot de paroles.
— Bon, je vais y aller cette fois, il est tard, ma mère doit être rentrée de l'hôpital… Je peux lui prendre le livre ? Je vous le ramène dès qu'elle l'a terminé… Au revoir ! À la prochaine.
Subitement, je l'attrape par la main et lui demande :
— Veux-tu que je t'appelle Marie ?
— Ben d'accord, comme un deuxième prénom qui devient premier !
— Alors, à demain, Marie !
Elle fait un signe du bras et s'éloigne à grandes enjambées. Le chien du gardien vient s'allonger à mes pieds en reniflant. Il est vieux, il est laid, mais si affectueux. Je ferme les yeux, j'absorbe l'air et ses odeurs sucrées, les oiseaux s'ébattent et chantent dans les feuillages, la fontaine glougloute et les derniers cris des enfants sont atténués par le souffle du vent. Quand je me lève, le soleil est déjà caché derrière les immeubles de l'avenue. Je rentre à petits pas. Comme tous les jours, Madame Grimey m'attend au pied de l'escalier, elle me donne le journal

et une carte postale. Laura m'écrit régulièrement, elle me raconte qu'elle visite un musée d'art avec sa classe.
Au lit, je me repasse le film de nos conversations. Je suis sûre que cette gosse me cache des choses, mais elle est si attachante ! J'espère la revoir demain.

Ce matin, j'ai préparé une salade de fruits avec la mangue d'Aïssa, cuisiné un cake et je viens de mettre tout cela dans mon grand cabas.
Au moment où je passe devant le café des sports, Thomas la tornade me lance :
— Eh, madame Martin, vous déménagez avec votre gros panier ? Vous avez besoin d'un coup de main ? Vous faites une fugue ou quoi ?
Il rigole, son sourire est séduisant, si je n'étais pas une vieille femme, il me plairait beaucoup ! Je pense aussitôt : je plaisante, Pierre, je plaisante !
J'arrive en avance, ma collégienne n'est pas encore là. Je m'assieds et ferme les yeux. Je me concentre sur mes os, sur mes muscles douloureux, puis je respire le soleil et le parfum des fleurs, j'absorbe tous les sons environnants. C'est merveilleux et incroyable, mon attention est toute dans l'écoute et l'odorat… Je dois donc mieux

entendre et mieux sentir que quand mon regard est préoccupé par un mouvement quelconque... C'est ce que j'explique à Kimberley lorsqu'elle débarque. Je perçois sa présence, elle m'observe en silence. Je lui demande :
— Veux-tu essayer ?
— Oui, j'aimerais bien... Mais je vais avoir l'air con, les yeux fermés... Ils vont penser quoi les gens qui passent ?
— Mais on s'en fiche d'eux... Et d'ailleurs, je ne crois pas qu'ils nous regardent ! Vas-y ! Tu te détends et tu écoutes, tu prends tout ce qui vient !
Elle baisse les paupières, reste quelques instants immobile, puis elle tourne la tête dans ma direction, et grogne.
— Je n'y arrive pas, il n'y a rien de spécial, juste un brouhaha !
— Allons, allons, jeune fille, un peu de patience ! On recommence. Écoute, il y a des oiseaux tout près de toi... Ce sont des merles... On croirait qu'ils se disputent... Mais non, ils se parlent... Tu les entends ? Cela m'amuse, car elle remue la tête, on dirait un automate. Les moineaux dans la haie derrière nous chantent comme des fous ! Sens-tu les arômes des fleurs ?
— Nan, c'est votre parfum !

Ça me fait rire, mais je suis heureuse, car elle paraît vraiment concentrée. Elle émerge, me regarde en souriant :

— C'est marrant ! Je crois que j'ai compris ! Mais j'ai encore des difficultés, par moment les sons se mélangent ! Les oiseaux et les cris des enfants ! Il faut sélectionner, c'est dur ! J'ai un peu de mal à me focaliser, j'ai trop peur que les gens se moquent de moi !

— Pff ! Tu rigoles ! Il n'y a personne dans ce coin, nous sommes isolées. Mais c'est normal, tu débutes et même si ta vigilance était dirigée sur ce qui est proche, tu restes parasitée par les sons. Imagine une personne non-voyante, elle va mettre tous ses sens à contribution pour compenser la vue déficiente. Mais les autres ne sont pas plus développés. C'est juste que l'attention est plus particulière aux informations fournies ou transmises par l'ouïe, le toucher, l'odorat, voire le goût. Et cela s'entraîne… Voilà, si tu fais cela tous les jours, tu deviendras championne de la perception des odeurs… ou des sons…

— Oui, mais, pourquoi vous faites ça ? Et depuis quand ? Ça vous est venu comme ça, sur ce banc ?

— Mon mari a perdu la vue suite à une maladie. Et j'ai toujours cherché à l'aider et surtout à essayer de comprendre ce qu'il ressentait. C'est lui qui m'a appris tout cela, nous restions des heures ici, à sentir, à écouter… et à goûter différents chocolats !

Elle survole autour d'elle, ses jambes dansent sous le siège. Je devine qu'elle a envie de questionner, mais elle ne sait pas comment s'y prendre. Je décide de l'aider :
— Il est mort, il y a cinq ans… Mais je viens toujours sur notre banc et je ferme les yeux pour voir.

Elle plonge son regard noir et innocent dans le mien et me demande si ça ne me contrarie pas qu'elle m'empêche de méditer. Je la rassure et lui dis que j'ai parlé d'elle à Laura hier soir. Marc a même proposé que les deux filles correspondent par mail. Kimberley est enchantée. Tout en devisant, je fouille dans mon cabas, sors la salade de fruits, le cake, des coupelles et des petites cuillères. La gamine est stupéfaite :
— Oh, c'est incroyable ce goûter !
— Tu aimes les gâteaux ? Et les fruits aussi ? Tu les aimes ? J'ai mis des pêches, des pommes, une poire, et une mangue que m'a donnée ma voisine !
— Moi, j'apprécie tout ! Je suis un phénomène ! C'est la cuistot en chef de la cantine qui dit ça… Les autres ne mangent

que les pâtes et les frites, et moi, je me régale des légumes et des salades. Et ça la fait rire ! Là-bas, ce n'est pas toujours extra, mais je dévore quand même. Ma mère confectionne de bonnes choses. Et vous, vous cuisinez ?

Je songe à tous ces plats élaborés que je préparais pour Pierre, il était si gourmand. Et ce manque d'énergie depuis son départ. J'explique à l'adolescente :

— Avant, oui, je faisais de délicieux menus… Mais étant seule, je n'ai plus envie. Quelle est la spécialité de ta maman ?

— Oh, je ne sais pas si elle a vraiment une spécialité, elle fait de bonnes blanquettes… Et mmm ! La paella valenciana aux poissons et fruits de mer, un régal ! J'avais tout de même un papy né en Espagne, puis devenu français ! On a encore de la famille là-bas, vers Valence. Mais on n'y va pas, c'est trop cher… Le voyage, je veux dire !

Elle mord dans la part de biscuit et parle la bouche pleine :

— Super bon le gâteau ! Avec tout un tas de trucs dedans… C'est quoi ?

— Il y a des raisins secs, des fruits confits en morceaux, des graines de tournesol, et des brisures de pralines. Est-ce que ça te plaît ?

— Ah ouais ! C'est les pralines qui croquent sous les dents ? Je me disais aussi que vous n'aviez pas mis de sable dans le cake ! Oh ! Regardez, là-bas ! Il y a un écureuil !

En effet, sous un pin gambade un magnifique spécimen roux. Il est superbe, le soleil lui donne des reflets mordorés, presque orangés. Kimberley éclate de rire devant les pitreries de l'animal :
— Hé, mais qu'est-ce qu'il fait ? Il creuse le sol ! Vous voyez ce qu'il a entre les pattes ? Non ! Flûte le gamin là-bas ! Il l'a chassé ! Je peux reprendre du cake, s'il vous plaît, madame ?
Je lui demande de m'appeler par mon prénom, les « madame » ne me conviennent plus. Et après tout, je m'appelle Lucette la lose ! Elle rit aux éclats.

Je secoue la serviette et je lance les miettes aux oiseaux. Je la vois se mettre debout, elle frotte son pantalon et attrape son sac.
— Ça y est, tu te sauves ?
— Oui, je dois aller faire quelques révisions, le brevet c'est à la fin du mois !
— Tu travailles avec des amies ?
— Oui… parfois avec Léa et avec Laura, celles dont je vous avais parlé.

— Au revoir, Marie Kimberley !
— Bye Lucette ! Au fait, ma mère adore le bouquin !

Je suis joyeuse au retour. Thomas me voit passer et m'apostrophe d'un :
— C'est la grande forme madame Martin ! On a un amoureux ?
— Non Thomas, ce n'est pas d'amour qu'il s'agit… Quoique…
— Vous avez cinq minutes ? Je vous offre un verre !
— Je… Je n'ai pas l'habitude de boire. Mais d'accord !
— Je vous sers un vin blanc de Loire, c'est une merveille !
— Alors, une minidose !
Assise à la terrasse du café des sports, faisant face à un Thomas curieux comme une vieille fille, je narre mes rendez-vous avec Kimberley. Il paraît ému par moment.
— C'est la rencontre entre deux solitudes, c'est chouette !
— Elle n'est pas solitaire, elle a des copines de collège !
— Ça, c'est ce qu'elle vous raconte. Franchement, pensez-vous qu'une adolescente passerait des heures avec une, excusez-moi, une mamie, si elle pouvait zoner avec ses potes ? Attendez, j'ai un

gamin de treize ans, il traîne des heures avec ses amis dès qu'il sort de cours…
— Vous avez peut-être raison. Il est délicieux ce vin. Je vais rentrer, il est tard.
— Bonne soirée à vous, madame Martin !
— Je m'appelle Lucette !
— OK, bonne soirée, Lucette !

En quittant mon appartement cet après-midi, j'ai rencontré madame Grimey, elle avait envie de discuter et nous sommes restées plus de trente minutes dans le hall. Elle m'a parlé de sa fille, de son petit-fils de huit mois, puis a sorti son téléphone pour me montrer des photos. Je n'arrivais pas à m'en dépêtrer. Chaque fois que je tentais une fuite en direction de la porte, elle me rejoignait avec d'autres portraits de sa sœur ou du cousin Noël qui est à l'hôpital. Enfin, après un ultime essai, je suis parvenue à filer.

Le square est calme à cette heure, de loin, j'entrevois Kimberley, assise correctement, ce qui est rare. Les écouteurs de son téléphone posés sur les genoux, elle a les yeux fermés. Je m'arrête un instant pour prolonger sa méditation. Elle lève le nez, m'aperçoit et me fait signe. Après un rapide bonjour, elle me dit qu'elle est contente, elle a entendu les sons sans être parasitée par les voitures ou les bruits environnants. Me vient alors une idée. Je lui propose de l'aider à déambuler à l'aveugle à travers les allées. Je serais son guide. Elle rit :

— Je vais avoir l'air trop cloche les yeux fermés comme ça ! Quand même… Tout le monde va me zieuter comme si j'étais une demeurée. La foldingue du parc, oh non, je ne peux pas !

— Oublie mon idée, elle n'était pas très bonne.

Je me traite de tous les noms. Comment ai-je pu imaginer une chose pareille ? Je crains qu'elle ne se fâche contre moi. Je nettoie le banc en masquant les tremblements de mes mains. Je m'assieds en soupirant. Elle m'observe, se tourne brusquement vers moi :

— Allez ! OK ! On essaie, mais peut-être que j'arrêterai si je me sens trop con ! Et… Vous m'emmenez là où il n'y a personne, d'accord ?

— Promis, je ferai très attention…

Je me lève, attrape ma canne d'une main et je pose l'autre sur son bras. Elle a conservé son sac sur le dos. Je me penche pour récupérer ma pochette, on ne sait jamais.

— Voilà... Tu es prête ? Ferme les yeux. Ne crains rien, j'ai encore une très bonne vue. C'est parti !

Nous déambulons doucement sur le chemin central, puis je la dirige du côté de la fontaine et du kiosque. Je sens que parfois elle se crispe, elle avance à pas menus et prudents.

— Ça fait super drôle, en fait, j'ai un peu la trouille... Oh ! J'entends des voix... Non ! On s'éloigne, je ne veux pas qu'on me voie !

— N'aie pas peur, ce ne sont que des joggeurs, ils ne te regardent même pas ! Vas-y, voilà. Làààà... Baisse-toi, il y a une branche...

Elle est docile, s'incline, se redresse.

— Je me déplace sur des coquillages ? Elle rit. Ça craque, on dirait des brindilles sèches... J'ai l'impression d'être un bébé qui apprend à marcher ! Je ne peux même plus avancer les pieds. C'est très étrange ! Mmm, je sens les gaufres, on est près du kiosque ? J'ai envie de pleurer.

— Pourquoi ma Cocotte ?

— Je ne sais pas. Parce que je suis bien, ici, avec vous. Ça me fait des bonds dans l'estomac. Maman n'a jamais le temps de faire des trucs avec moi, à part un cinoche de temps en temps. Mais faire ce genre de chose, me faire avancer les yeux fermés pour mieux voir la vie... Jamais ! C'est triste non ?

Des larmes roulent sur ses joues. Nous revenons vers le banc. Elle ouvre les yeux. Je lui explique que c'est difficile pour sa mère, elle travaille dur et ne dispose que de peu de loisirs. Elle renifle, je lui donne un mouchoir. Nous patientons et elle annonce :
— Lucette, j'ai adoré ce qu'on vient de faire, je me sentais comme un bébé qui fait ses premiers pas, tantôt le sol est mou, tantôt ça craque, tantôt ça glisse... Où m'avez-vous emmenée ?
— Nous sommes allées vers le bassin, c'est un peu glissant au bord, nous avons traversé le gazon, c'était mou et doux et le craquant, comme tu dis, ce sont des restes de feuilles et de branchages vers le bois... Pas loin de la cabane à gaufres ! Tu en veux une ?
— Non merci, je préfère le chocolat ! L'exercice était chouette ! Et pas con du tout, ce qui aurait été bête, c'est de ne pas oser y aller. Vous me faites quand même faire des trucs bizarres !

Je souris et fouille dans ma pochette pour en sortir le chocolat. J'avais bien compris le message. De son côté elle cherche dans le

sac à dos, s'empare d'un livre. Je suis étonnée et flattée.
— J'ai un bouquin pour vous, de la part de ma mère. C'est, heu : la reine de Naples ou Jeanne...
Je ne l'interromps pas, faisant mine de lire. Elle poursuit :
— Ou Jeanne 1ère de Naples... Oh non ! flûte ! Vous l'avez déjà lu ! C'est ça ? Dommage. Vous connaissez l'auteur ? L.A. Bussy ? Vous avez autre chose d'elle ?

Je cherche le meilleur moyen de lui lâcher la réponse en évitant de paraître vaniteuse. Je choisis le thème de la confidence.
— Je peux te dire un secret ?
— Ouiii ! J'adore les secrets !
— Tu vois les initiales L.A avant Bussy ?
— Oui, Los Angeles !
— Si tu veux, Los Angeles. En réalité, il s'agit de Lucette-Anne.
— Lucette-Anne ? Lucette-Anne Bussy. Ce n'est pas vous quand même ?

Elle est drôle à observer, les yeux grand ouverts, la bouche bée. Moi qui me demandais quand lui parler de mon hobby, voilà qui est fait.
Elle répète :

— C'est vous l'auteure de ce bouquin, j'hallucine ! Quand je vais dire ça à maman ! Vous êtes célèbre alors ?

— Non pas du tout, je ne produis pas beaucoup de livres, celui-ci est mon troisième… Le premier c'était sur la reine Hildegarde, la femme de Charlemagne, ta mère l'a peut-être lu… Pour le second je m'étais entichée de Isabeau de Bavière… Tu vois, encore des reines. Leur histoire me fascine et en fouillant bien on s'aperçoit qu'elles n'ont été utiles qu'à des fins politiques… Tiens, Isabeau de Bavière a été mariée à quatorze ans ! J'ai toujours adoré l'histoire, je vais souvent à Paris à la bibliothèque de France afin de trouver des pistes pour mon prochain roman.

Les yeux de Kimberley brillent et soudain une larme jaillit. Je suis interloquée. Elle se met à parler fort et s'agite :

— Au moins, vous avez un but dans la vie !

— Enfin, de ce qui me reste comme vie ! Toi, tu es jeune, pleine de projets et d'avenir ! Qu'aimerais-tu faire plus tard ?

— Je ne sais pas… Je ne veux pas une vie. Je désire une destinée. Oui, c'est ça, une destinée !

Je suis perplexe et j'avoue que je ne la comprends pas. Je vois bien qu'elle s'énerve toute seule, son visage devient rouge. Subitement, je me souviens des paroles de Thomas : « Franchement, pensez-vous qu'elle passerait autant de temps avec une mamie si elle avait des amies ? » Elle poursuit son monologue :

— Ben... je ne supporterais pas une vie banale, j'ai envie de rencontrer des gens passionnants, de vivre des trucs incroyables ! Une destinée ! Quoi ? Elle me regarde. Vous ne pouvez pas comprendre ! Je veux une vie différente de celle de ma mère ! Je n'accepte pas qu'elle reste comme ça, sans rien attendre, jamais ! Le train-train de l'hôpital à l'appartement, à ne pas s'occuper d'elle !

Elle se met debout devant moi, paraît immense. Je lève les yeux pour l'observer, elle tourne autour du banc comme un lion en cage.

— Elle ne sort jamais, n'a pas de bon ami ! Vous trouvez ça juste ? Elle est encore jeune et même super belle ! Ce n'est pas normal, hein ?

Je réponds timidement, de peur de relancer sa colère, car je la sens très en colère.

— C'est sans doute pour mieux prendre soin de toi... Tu es sa fille !

— Mais je ne lui demande rien, moi ! Je n'ai pas envie qu'elle se sacrifie pour moi !

Je veux qu'on m'aime, pas qu'on se sacrifie pour moi !

— Je t'aime beaucoup, Marie…

— Je m'appelle Kimberley Dupont, et comme ils disent tous, c'est laid, c'est con !

Elle se met à pleurer sans cesser ses allées et venues.

— Vous ne me connaissez pas Lucette ! Vous vous souvenez, l'autre fois, quand je vous ai annoncé que je retrouvais des copains. Et bien, c'était faux. Je rentrais chez moi réviser pour le brevet. J'aime être seule, j'apprécie le calme. Si j'écoute de la musique, ce n'est pas du métal ni du slam. Je ne sors pas beaucoup. Je viens ici tous les jours depuis que je vais à l'école, c'est pour m'isoler, éviter les gens. Maman croit que je suis avec des amies.

Elle renifle, je lui donne un mouchoir. Elle s'assied sur le banc et continue de parler sans me regarder :

— Et moi je pense que je ne suis pas normale, je reste des heures à manger du chocolat avec une vieille dame au lieu de hurler et de draguer sur la zone piétonne. Je suis une sauvage. Je n'ai même pas de petit copain ! Les filles au collège, elles ont toutes un bon ami qui leur porte leurs bouquins, ou qui leur écrit des mots doux. Il y en a un, un jour qui m'a fait passer un billet en cours de math. C'était noté : « Tu es belle, veux-tu sortir avec moi ? ». Je me suis retournée pour le foudroyer avec mon regard qui tue… Je n'ai plus jamais reçu de lettre. Plus jamais. Je n'ai pas de copine qui s'appelle Laura, c'est une fille de ma classe, mais elle se fiche de moi. Il y a tout un groupe qui scande : « Kimberley, c'est trop laid, et Dupont, c'est trop con » Dupont c'est mon nom de famille. Je ne dis rien à maman, elle serait trop triste, elle imagine que j'ai une super vie sociale. Chaque soir, je raconte des trucs que je n'ai pas vécus. Je suis trop nulle ! Je m'invente des amies complices, des sorties. Je suis une mythomane, hein ? C'est ça ? Je suis folle ! Kimberley la folle à lier !

Elle se lève brutalement, empoigne son sac et part en courant. Je la suis du regard, elle disparaît derrière les grandes portes du parc. Je suis triste et abasourdie. Je ferme les yeux et calme ma respiration. Doucement, je consulte mon Pierre là-haut : « Tu crois qu'elle reviendra ? Oui, elle reviendra ».

Je rentre à petits pas, je suis ébranlée par ce qui s'est passé, je me refais le film en me disant que j'aurais dû être plus attentionnée.

Thomas m'appelle au moment où je traverse devant le café :
— Oh ! Ça n'a pas l'air d'aller fort madame Martin ! Venez vous asseoir, j'ai ce qu'il faut pour vous !
Devant nos verres de vin, je lui raconte tout, ma voix tremble tant je suis émue.
— Laissez du temps, ça va s'arranger. Je pense que ça devait exploser. Elle avait des choses à vous dire, mais elle ne savait pas comment les formuler, c'était le trop-plein !
— Pourvu que je la revoie !
— Mais oui, n'ayez pas d'inquiétude, il faut qu'elle digère !

Les trois jours suivants, je demeure seule sur le banc. Le cinquième, je scrute, je guette, mais pas de Kimberley. Je devise en silence avec Pierre, il me fait comprendre que je dois encore attendre. Thomas m'encourage de la même façon. Aujourd'hui, il fait très chaud, les grandes vacances approchent. L'air sent l'herbe fraîchement tondue, le glacier a remplacé le marchand de gaufres. Je m'installe doucement sur mon banc et je ferme les yeux. Il y a beaucoup de cris d'enfants, des rires aussi. Soudain, deux mains se posent sur mon visage, je souris. Je sais.
— Kimberley ?

— Oui, c'est moi, Marie Kimberley.
Elle s'assied à côté de moi, je la trouve rayonnante :
— J'ai eu mon brevet !
— Bravo, Cocotte ! Je te félicite !
Elle se lève et tend les bras :
— Bon, mamie Lucette, ce n'est pas tout ça, mais ma mère a fait une paella et elle vous invite ce soir !
— Ah ! Je ne sais pas, ça dépend !
Elle se rembrunit, retire ses mains, m'observe avec inquiétude :
— Ben, ça dépend de quoi ?
— Si c'est une paella valenciana !

Elle me donne ma canne et mon sac et nous partons bras dessus, bras dessous. Je suis heureuse, je regarde le ciel et prononce silencieusement :
— Tu avais raison, Pierre, il suffisait d'attendre !

Yoga

Je les observe depuis la porte d'entrée de la salle. Ce sont des élèves fidèles à mes cours. Elles font partie de ce groupe de yoga depuis cinq ans. Je souris, car à chacune des rentrées de septembre, elles arborent une nouvelle tenue. À gauche, Camille, brune longiligne, réservée, porte aujourd'hui un tee-shirt et un legging noir souligné d'un galon vert pâle sur chaque côté. Au milieu, Lizzy la rousse, née en Angleterre, plus petite, légèrement boulotte, est vêtue d'un tee-shirt rose et d'un legging gris et rose. Flora, aussi grande que Camille est habillée d'une tunique indienne prune assortie à un pantalon large. Elles sont inséparables, amies depuis de longues années. Ce que l'une fait, l'autre l'adopte aussitôt. En juin dernier, Camille a acheté un SUV d'une marque allemande, le mois suivant, ses deux complices se sont débrouillées pour acquérir le même. Il n'y a que dans la maternité qu'elles se distinguent. Flora a trois filles : Violette, Capucine et Jasmine, Lizzy a un garçon : James. Quant à Camille, elle ne veut pas d'enfant, son corps ne supporterait pas d'être déformé.

Leurs maris, me direz-vous ? Ils s'entendent à merveille ! Paul, l'époux de Camille est ingénieur et adore son pote Charles, architecte et compagnon de Lizzy. Simon, le troisième est professeur d'université, et, évidemment, complice des deux autres.
Nous voici dans un remake des « Desperate housewives », cela se pourrait, elles ont énormément de points communs avec nos héroïnes télévisées. Elles vivent dans le même quartier huppé, se retrouvent régulièrement pour faire du shopping, manger au restaurant ou dire du mal de leurs voisines.
Julie, qui habite non loin de chez Flora, m'a confié que chaque week-end, les couples se réunissent dans l'un ou l'autre des jardins pour une partie : barbecue, piscine, champagne, robes de marque, tout y est.

Chaque semaine, elles participent à mon cours de yoga. Cela m'étonne depuis le début, car je suis installée dans un quartier modeste, et la plupart des élèves arrivent de milieux différents. Elles sont complices, mais je perçois parfois une forme de concurrence dans leur comportement. Un genre de surenchère à la perfection. « Camille est meilleure dans cette position, mais je suis plus souple dans cette autre… » Cela m'amuse toujours de déceler des rivalités chez de si grandes amies !

Ce jour de décembre, je vois arriver Julie, elle a l'air bouleversé. Après un temps, elle me confie qu'il y a eu un drame la veille dans la rue des « Desperate housewives ». Flora a poignardé Camille qui avait une liaison avec son mari. Elle n'est pas morte, mais est gravement touchée. Ce petit monde très chic vient d'être douloureusement ébranlé. Flora a été arrêtée, Simon emmené aussi entre deux gendarmes. Violette, Capucine et Jasmine sont en ce moment chez Lizzy. La maison de Camille est close, il paraît que Paul a fait sa valise. Tout de même, elles vont me manquer les trois Grâces avec leurs tenues de luxe…

Nouvelle lauréate du premier prix dans le cadre du concours « Dis-moi dix mots » 2022 de la ville de Beaucourt.

La règle du concours est de placer 10 mots imposés dans la nouvelle. Voici les mots 2022 :
Kaï ; farcer ; divulgâcher ; tintamarre ; pince-moi ; saperlipopette ; médusé ; décalé ; ébaubi et époustouflant.

Cheyennes

Les flammes du grand feu se reflétaient dans leurs yeux, elles les allumaient de milliers d'étincelles orange. Un silence pesant régnait sur l'assemblée. Subitement, l'un des participants se leva, il semblait être le chef. Il portait une robe marron sur un pantalon à franges et de nombreux bijoux.
Ses longues nattes se balançaient de droite à gauche au rythme de ses déplacements. J'étais médusé devant cette scène. L'homme au teint cuivré alluma le calumet

avec le foyer, s'assit et me tendit la pipe fumante. Je me sentais décalé, je l'attrapai toutefois et aspirai une bouffée. Je toussai un peu, ce qui fit sourire mon voisin. Je n'avais pas le cœur à farcer et je me demandais ce que je faisais au milieu de ce peuple bigarré !
Un bruit sourd monta lentement pour se métamorphoser en un véritable tintamarre. Des tambours et des percussions résonnaient autour de nous. Le cœur battant, j'attendais la suite quand un type gigantesque se leva et se rua vers le brasier. Il fut imité par d'autres, le spectacle était époustouflant. C'était une chorégraphie d'une incroyable précision. Les nattes et les colliers virevoltaient, la musique devenait enivrante, j'étais ébaubi devant une telle danse. Ils s'élançaient, virevoussaient, frôlaient le feu, parfois ils bondissaient par-dessus les flammes. La nuit était tombée, les mélodies rythmées s'élevaient dans le ciel noir d'encre. Les ombres chinoises se mouvaient au son de cette musique singulière. J'avais perdu la notion du temps et paradoxalement, à cet instant, je me sentais bien.
Mes pieds bougeaient en cadence, j'entrais dans la transe. Je me levai et, emporté par le tempo, je sautillai, dansai, oubliai ma

fatigue, totalement embarqué par les percussions. De temps à autre, la pipe faisait son apparition et mes voisins me la tendaient avec un sourire narquois, j'aspirais alors une pleine bouffée qui me montait à la tête. Je tournais, j'étais comme saoul, je dégoulinais de transpiration. Au bout de ce qui me sembla durer depuis des heures, je m'écroulai d'épuisement sur un tronc et calmai ma respiration. Heureusement, tous les hommes firent de même. Le cercle se reforma, les odeurs qui émanaient de nos corps emplissaient l'atmosphère.

Le plus âgé prit la parole, mais je ne compris pas son propos. Il se mit debout devant moi, ses yeux sombres brillaient éclairés par les grandes flammes, il me passa un somptueux collier de plumes autour du cou. J'en déduisis que c'était un cadeau, un témoignage d'adoption en quelque sorte.

Saperlipopette, me dis-je, me voici accepté dans la tribu !

Les femmes, magnifiquement vêtues de tuniques longues parées de perles multicolores, et qui s'étaient jusqu'alors tenues en retrait, s'avancèrent avec des plats et des tasses fumantes. Nous mangeâmes des mets pour moi inconnus aux saveurs riches et agréables. J'attrapai des morceaux de viande parfumés avec mes doigts. La nuit noire nous enveloppait de son manteau mystérieux. Après le partage de ces agapes et après avoir rincé nos mains dans de petits bols en bois, le chef s'approcha de moi, me salua, psalmodia un air légèrement lugubre. Son beau visage était devenu plus sombre, son regard plus pénétrant, j'avoue qu'il m'impressionnait. Pendant ce temps, le garçon à mes côtés s'était levé. Il portait un genre de longue canne dont l'embout touchait le feu. La pointe en métal rougissait sous l'effet de la chaleur, je m'interrogeais sur la suite quand tout à coup, je fus empoigné par l'arrière, maintenu par les bras et ma chemise fut arrachée. Je paniquai et me débattis, mais le chef continuait son chant lancinant qui était à présent repris par l'assemblée. De longues onomatopées ondulantes et hypnotiques montaient de ce chœur insolite. Les hommes se balançaient de gauche à droite et les femmes de droite à gauche en mêlant leurs voix à celles de leurs compagnons. J'étais maintenu de force, ma tête pivotait dans tous les sens. Mon sang se glaçait dans mes veines, je devenais fou !

Lorsque le fer enflammé s'approcha de ma poitrine, je hurlai de toutes mes forces.

Je tombais, je criais, j'avais peur ! L'abîme était profond et ma chute interminable.
J'allais mourir, la douleur était insupportable. Il n'y avait plus de temps, c'était l'éternité ou le néant.

Kaï, kaï !
Je me redresse brusquement sur le lit, j'ai du mal à respirer, je halète, mes vêtements sont trempés. Un chien dans la rue aboie sous ma fenêtre. J'ai dû crier. Non. J'ai crié ! Je reprends mon souffle tant bien que mal. Mon cœur palpite dans ma poitrine et ses battements se ressentent dans tout mon corps. En tâtonnant, j'allume la lampe de chevet. Je suis dans ma chambre, le lit est sens dessus dessous.
On frappe à la porte d'entrée, je me lève péniblement tant je tremble. J'ouvre, c'est mon voisin, un pince-moi toujours tiré à quatre épingles. Il me dit qu'il a entendu hurler et qu'il était très inquiet. Derrière lui apparaissent sa fille et son fils, tous deux aussi prétentieux que leur père. Comme je ne veux pas divulgâcher mon cauchemar, je les remercie, les congédie et file à la cuisine préparer un café. Ce rêve m'obsède, il me

semble encore percevoir les voix, les tambours. Je n'ose fermer les yeux de crainte de retrouver ces visages effrayants. J'ai le sentiment que cette hallucination est réelle et que je vais me trouver face aux Indiens en retournant dans mon salon.

J'ouvre tous les stores, le soleil pénètre dans l'appartement. Mon souffle s'apaise.
Mon café à la main, j'allume l'ordinateur. Le signal d'un nouveau mail. Je clique. Il provient d'un site « Origine ADN ». Il y a juste un mois j'avais fait le test, par simple curiosité, histoire de mieux connaître mes propres origines.

Je reste bouche bée et je lis :
41 % amérindien (cheyenne)

Je ne prends pas la peine de lire la suite, finalement, j'ai envie de replonger dans mon rêve !

Lauréate du prix ACAI, Luxeuil-les-Bains, septembre 2022

La chorale

Dès que mes parents connurent la date de présentation des chorales, ils organisèrent une journée à Luxeuil-les-Bains. Ma sœur et moi étions folles de joie ! Concert le matin, pique-nique au bord du lac des sept chevaux et après-midi jeux sur les rives. Un dimanche délicieux en perspective. Avec impatience, nous attendîmes la fin de semaine.

En franchissant la cour de l'Abbaye, je demande à maman qui est le monsieur de la statue. Elle m'explique qu'il s'agit de Saint-Colomban, un moine irlandais qui a évangélisé les populations dans les années 540. L'œuvre est récente, elle date de 1947 et fut sculptée par Claude Grange, un artiste du siècle dernier. Je ne dis rien,

mais il me fait un peu peur ce bonhomme de bronze, il a l'air fâché et assez menaçant avec son bâton.
Le cœur battant, je serre la main de mon père. Nous longeons le cloître, puis pénétrons dans l'abbaye. La fraîcheur ambiante me fait frissonner et mes jambes nues sous la jupe écossaise se couvrent de chair de poule. Je m'arrête, bouche bée. Je chuchote :
— On croirait le château de la princesse !
Mes parents sourient et nous emmènent, ma sœur et moi, jusqu'à un banc au quatrième rang. Les yeux écarquillés devant la majesté du monument, je reste un long moment rêveuse et admirative. Soudain, des voix s'élèvent de la nef, un chant mélodieux, doux et puissant à la fois. Je me tortille dans tous les sens pour apercevoir mon frère au milieu des choristes. Papa me soulève quelques secondes, le temps de repérer la frimousse blonde de Luc parmi ses camarades. On croirait des sons sortis de la bouche des anges. Tout en écoutant les hymnes, je lève le nez vers les voûtes gothiques. De quoi avoir le vertige ! Du haut de mes six ans, je suis impressionnée par l'architecture de l'abbaye. Les parents nous ont raconté qu'à l'origine, ce lieu était un monastère. De nombreux religieux

vécurent ici. Penser que cet endroit fut tellement actif depuis le VIe siècle émerveille la fillette que je suis.

Les enfants interrompent leurs chants, l'orgue majestueux prend le relais. Ça me fait des chatouilles dans le ventre, la musique vibre dans mes jambes. L'instrument est très ancien aussi, il a été construit en 1617. J'aime ce son et la mélodie qui s'envole jusque dans les cintres.

— C'est du Bach, souffle ma sœur Hélène qui veut toujours paraître la plus érudite.

— Je le savais !

Je réponds n'importe quoi, je l'ignorais totalement, mais je trouve cette musique divine. Le concert est terminé. Avant de sortir, je décide que je me marierai dans cet édifice, j'épouserai un prince charmant. Vêtue d'une robe de reine, j'avancerai au bras de mon père et cette musique résonnera jusque dehors. Je confie mon secret à Hélène, elle rit, cela me vexe !

Je commence à avoir très faim, mais les parents projettent de faire un tour dans le parc des thermes avant d'aller au lac. « Pour admirer les fleurs », a ajouté maman. J'aime flâner dans cet endroit calme et si beau. Devant le bâtiment en grès des Vosges, les lys, géraniums, impatiens, capucines, œillets et mufliers rivalisent de couleurs et de magnificence !

Je fais la course avec mon frère, je perds et m'étale sur le chemin en trébuchant dans une racine.

L'été dernier, nous étions venus à la piscine des thermes, c'est là que j'ai appris à nager, enfin, presque, je dois encore m'entraîner.

Nous retournons sur nos pas afin de retrouver la vieille dauphine Renault. J'ai envie de marcher sous les arcades du cloître, c'est un endroit magique, et en plus il y a de l'écho. Nous crions chacun à notre tour, ça nous amuse. Maman nous fait signe de nous taire, les touristes ne semblent pas apprécier nos vocalises !

Cette nouvelle est visible dans le recueil de l'ACAI 2022 dont le titre est :
 « Découverte exquise »

Nouveau départ

La forêt. Ma forêt. Mon oasis si somptueusement parée de verdure. Je pénètre dans la cathédrale naturelle impressionnante de beauté et de magnificence. Les arbres, géants feuillus, massifs ou frêles me saluent de leurs bruissements délicats. J'entre lentement, solennellement, presque timidement. Je ne voudrais pas les brusquer, ils ne sont pas obligés de m'accueillir.
Cependant, je les perçois bienveillants à mon égard et cela me remplit de joie. Je lève les yeux, la voûte verte, tel un kaléidoscope, se joue de la lumière formant et déformant d'étranges personnages. Le bleu du ciel danse au travers de la frondaison, le soleil envoie des éclairs scintillants et éblouissants. Je marche sur le

chemin craquant de feuilles anciennes, de branches tombées lors de la dernière tempête et de cailloux échoués là depuis toujours. Le temps n'a plus cours, je me moque de l'heure, d'ailleurs, ma montre est restée sur la table de nuit, à la ville. C'est comme si ma vie d'avant n'était plus qu'un très lointain souvenir. Je respire. Une fois. Puis deux. Fort, très fort. Et je crie. Je pousse un hurlement qui monte du fond de mes entrailles et qui me surprend. Il me fait peur. J'observe les arbres, l'horizon, au bout du chemin. Personne. Je suis seul. Je suis heureux.

Mes pas sont réguliers et calmes. Je marche pour la première fois et j'aime ça. Des chênes, des hêtres, des charmes semblent se prosterner devant moi alors que je suis venu leur rendre hommage. Le chemin rétrécit et serpente entre deux taillis, je cueille une poignée de mûres que je déguste avec délicatesse. Parfum oublié. Souvenirs du grand-père et de vacances lointaines à l'époque où le petit garçon que j'étais se contentait de sauts dans le foin odorant, de parties de cache-cache dans la cour de la ferme. Les larmes me viennent. Je m'appuie contre le tronc d'un chêne séculaire. Reprendre mon souffle, arrêter de pleurer, continuer d'avancer, me perdre, pourquoi pas.

Je bois une gorgée d'eau à la gourde. Le sac à dos commence à peser sur mes épaules, peu importe, rien n'ôtera ma détermination. Avant est définitivement terminé, me voici sur le chemin de l'après, ou de l'« Après » comme j'aime à penser. Tout est possible à présent. La forêt, le vent, la pluie, le soleil, je crois en cette future vie. L'autre ne m'intéresse plus, les perspectives se limitent à la nature, je suis décidé et convaincu. La réflexion a duré six mois, souvent critiqué par mon entourage, je suis resté énergique et inébranlable, je ne vivais plus en accord avec mes valeurs. Je souris à cette pensée. Ce ne fut pas aisé certes non, même si d'évidence c'était la monotonie qui caractérisait mon existence.

Je me rappelle avec précision cette fameuse nuit où après avoir un peu trop abusé de whisky, je me suis réveillé brusquement avec un besoin impératif d'être dans ce bois. La sensation étrange de ne plus être à sa place, de subir sa vie, et surtout, se sentir malheureux… passer de gars de la ville à homme sauvage !

« Mais tu es fou, tu ne vas pas tenir un mois ! » ou « Laisse-moi rire, toi, avec ton coupé et ton appartement, vivre au fond de la nature ! C'est hallucinant ! » et : « Tu es complètement frappé, mec ! On voit ça à la télé, mais pas dans la vraie vie ! » « Achète une maison à la campagne, OK, mais ne va pas dans la forêt, tu es dingue !! »

Dingue. Oui. Je sais que j'aurai de grands moments de doute, de peur, de solitude aussi. J'ai trouvé ce bout de terrain au fin fond de la cambrousse et avec deux amis, j'y ai construit un cabanon. Cela a pris deux ans, deux années où j'ai eu le temps de peser le pour et le contre. Le temps d'apprendre à survivre de peu. Le temps de connaître l'environnement, charmant ou hostile, selon la météo. Et le temps de tomber amoureux de cette vie, des arbres, des fleurs sauvages, du ciel, de la pluie et aussi de la neige et du vent. Et aujourd'hui, je ferme officiellement la porte à la société qui m'a mal habitué à vivre. Je quitte mon père, parvenu, friqué et imbu de sa personne, ma sœur, sa digne fille, snobe et antipathique. Ma mère est morte au printemps dernier, j'ai dans mon sac une boîte avec une partie de ses cendres, elle restera à mes côtés et je pourrai partager mes sentiments avec elle.

Ce matin, au moment du grand départ, seul Johann était présent. Mon ami, celui qui m'aida à clouer, scier et monter la cabane. On a échangé un long regard, je l'ai serré dans mes bras et au moment de nous séparer, lui ai abandonné mon téléphone. Je n'en aurai plus besoin.

Je marche. Je me sens libre. J'ai confiance et j'apprécie cette nouvelle liberté. Mélanie m'a quitté il y a un an. J'ai appris alors la solitude, la tempérance et l'humilité. J'ai franchi une porte grande ouverte sur un autre monde, lumineux, conscient et différent de celui d'avant.

Trois heures de marche, aucune fatigue, une joie interne me saisit. Je parle aux oiseaux, je croise une musaraigne qui, surprise de me voir, se sauve ventre à terre dans les fourrés. J'aperçois les monticules de roches, étranges et impressionnantes sculptures minérales et grises. Un chaos de pierres et de mousse. Ils obscurcissent et resserrent le sentier en un goulot étroit, sombre et humide. Je dois escalader la paroi sur plusieurs mètres avant de me retrouver sur un chemin herbeux beaucoup plus large.

Lorsque j'ai clôturé mon compte en banque, l'agent de la succursale était abasourdi tandis que je lui expliquais mes projets. Non seulement il doutait de ma réussite, mais en plus, il fut ironique et moqueur. Je gardai mon calme et je dus, à plusieurs reprises recadrer le narquois personnage. Je n'avais pas énormément d'économies, mais c'était de quoi vivre des plaisirs avec Mélanie, peut-être un restaurant par-ci, un voyage par-là, des rêves de résidence puis d'enfants… Mon cœur se serre un peu à cette pensée. Non, je n'aurai pas de gamin, pas de maison ni de piscine, ce n'est pas mon aspiration.

Johann a accepté d'être le gardien de mon mince pécule. Lors de ses visites à ma chaumière, il m'apportera quelques réserves basiques, farine, huile, sel, piles pour la lampe, stylos et papier, ainsi que d'autres babioles nécessaires à mon bivouac. J'ai une totale confiance en lui, il est mon pote, mon frère, mon âme sœur. À aucun moment, il ne fut critique de mon projet, il le porta avec moi et ne manqua aucun rendez-vous pour la construction de la cabane et des

aménagements. Il rit beaucoup lorsque je lui dis que je n'avais pas besoin d'argent au fond des bois. Il ne sera pas utile de payer les écureuils pour acheter des noisettes !
Ce chemin que j'arpente aujourd'hui est long et ardu, mais on peut accéder à mon oasis par une piste de terre privée, isolée et connue de peu de personnes. Nous l'avons empruntée avec la camionnette de Jean, mon autre grand ami. Chargée d'outils, elle débordait de planches, de tuyaux et de tout ce qui nous fut alors indispensable aux travaux.

J'avance à mon rythme, le soleil descend délicatement à travers la canopée. Je perçois déjà le doux murmure du ruisseau, j'approche vraiment de mon futur havre de paix. À cette saison, il ne s'en écoule qu'un mince filet, mais un orage suffira à le regonfler. Durant mes visites hivernales, il débordait, sautant de joie et éclaboussant les plantes gelées de la rive. J'interromps ma marche un instant. Le temps d'admirer ce lieu magique d'où l'on s'attend à surprendre des fées et des lutins dans les hautes herbes. J'aime imaginer qu'à cet endroit un autre peuple respectueux s'épanouit dans cette verdure. J'espère les croiser lors de mes longues balades journalières ! Je souris à cette pensée qui pourrait me faire passer pour un aliéné.

Encore une lieue et je pourrai poser définitivement mon bagage dans mon paradis du reste de ma vie !

Je devine le toit en tôle et en mousse de ma chaumière à travers les arbres. Puis se dessine nettement sa silhouette massive et brune. Le potager que j'ai cultivé depuis ce printemps est rempli de légumes et de quelques baies savoureuses. J'ai dû le barricader d'un grillage, contre mon gré, mais les premières salades furent dévorées à peine sorties de terre ! Je me suis résigné et aidé de mes camarades j'ai construit une séparation. Il me faudra tout de même quelques provisions !

La porte de la maisonnette s'ouvre sans clé. À l'intérieur, un lit à gauche, une table au centre, le fourneau-cuisinière à droite, ainsi qu'une bassine qui recevra l'eau de la cuve extérieure. Des placards de part et d'autre de la couchette. Bougies, lampes tempête, je ne manque de rien. Des toilettes ? Sèches et dehors, dans un cabanon dans lequel j'ai installé une douche très rudimentaire. Cela amusa Johann qui me confia un soir de travaux : « Tu vas puer, mec ! » Non, je ne vais pas puer ! Ma barbe a déjà beaucoup poussé et moi qui était du genre coquet, suis devenu rustique et sauvage, vêtu d'habits simples et solides. J'ai toujours pensé que mes pieds n'accepteraient que des souliers italiens en cuir souple, et voici que depuis des mois je ne porte que des croquenots épais et raides. Mes extrémités se sont endurcies après moult cors et ampoules, et à présent, elles apprécient d'être si bien chaussées.

Je dépose mon sac à dos et entreprends de ranger ce qu'il contient. Quelques provisions, de l'eau potable, en attendant d'utiliser mon filtre spécial, des torchons, des serviettes de toilette et des blocs de savon. J'ai peu de vaisselle, une casserole et une poêle suffiront à ma cuisine. Je sors la boîte en bois avec les cendres de ma mère. Je la tourne, la palpe. Avec un soupir je me redresse et me dirige au-dehors. J'ai longuement réfléchi à l'emplacement idéal pour maman. Le gros chêne sera heureux de l'accueillir entre ses fortes racines. Tout en m'activant aux pieds de l'arbre, je ne cesse de parler au coffret avec tendresse. Une couche de terre, une couche de mousse odorante et le nouveau logis de ma chère génitrice est achevé.

Je vais cueillir une salade dans le jardin et je découvre des tomates rougissantes. Je crie de joie, je hurle de plaisir. Je suis chez moi et je nage dans le bonheur !

Le soleil se cache à présent, la pénombre s'étend autour de ma chaumière. Je devine les formes mouvantes des arbres. Des bruits nouveaux se font entendre, je dois m'habituer à ces sons inédits qui perturberont sans doute mes premières nuits. Je n'ai aucune crainte ni appréhension. Je déambule dans ma propriété le cœur battant. Je suis exactement là où je dois être, j'en ai la conviction, et si au cours de ces années de préparation j'ai eu des doutes, ils sont à cet instant bien loin de moi !

La nuit tombe à présent, sombre et bruyante. Une chouette hulule non loin de moi, j'entends de multiples frottements aux alentours. Je suis dans un monde merveilleux et vivant.
C'est le sourire aux lèvres que je m'étends sur la couche. La fatigue de la journée se fait sentir, je m'endors rapidement. À six heures, je m'éveille lentement, des chants de merles attirent mon attention. Je ne bouge pas et j'écoute les trilles mélodieux des oiseaux. J'ai toujours été un amateur de

musique, avec Mélanie, nous fréquentions beaucoup les salles de concert. Maintenant, me voici aux premières loges et l'heureux spectateur de la plus fantastique symphonie. Après un moment d'audition sublime, je m'étire tout en regardant par la fenêtre. Le soleil me fait de l'œil, mais je devine des nuages loin au-dessus des arbres. Il se pourrait qu'un peu de pluie vienne arroser mon jardin, j'en serais ravi et mes légumes aussi.

Je m'assieds à ma table pour noter les premières impressions de cette nuit importante. Des oiseaux se sont installés en bordure du toit et chantent à tue-tête une mélodie de bienvenue, sans doute. Pour ce premier petit déjeuner, je fais couler de l'eau dans un verre. Pas de café ni de thé, pour cela je devrai allumer le fourneau, ce sera pour le souper. Ce matin, j'ai beaucoup de travail au jardin. Je savoure une part de biscuit offert par Johann au moment du départ. Il m'a assuré qu'à chacune de ses visites, il apportera des pâtisseries, afin que je pense à lui pendant quelques jours. Les gâteaux, les friandises, c'est sa passion, et il adore en faire profiter les amis. Je me régale. Après une vaisselle rapide, je m'habille, chausse de vieilles godasses et je sors. Là, je reste cloué devant la porte, médusé et fasciné à la fois. Une découverte exquise s'offre à moi ! Une biche et son petit me font face, immobiles et brillants dans le soleil matinal. Ils semblent statufiés, je ne fais aucun mouvement de peur de les effrayer. Des larmes coulent sur mes joues. Je suis émerveillé et cette manifestation de bienvenue me touche au plus profond de mon cœur. Après un moment d'échange de regards, l'animal se détourne et file dans le sous-bois, suivi par son bébé.

Table des matières

Les oiseaux .... page 7

Le train .... page 15

La sortie scolaire .... page 25

Ma sœur .... page 45

Amoureuse .... page 49

Les Jean-Baptiste .... page 55

Mariage, 1ère partie .... page 63

Le journaliste .... page 71

Eros et Thanatos .... page 91

Mariage, 2ème partie .... page 99

Mamie Lucette .... page 103

Yoga .... page 137

Cheyenne .... page 141

La chorale .... page 147

Nouveau départ .... page 151

Les MERCIS

Des petits, des grands, des immenses !

à tous ceux qui m'encouragent,

aux amies qui relisent et corrigent, Brigitte, Colette, Patricia, traquant vaillamment les fautes et coquilles,

à Stéphanie, pour ses couvertures toujours aussi élégantes et délicates,

à Nathalie pour son aide,

et à Jo, pour me supporter dans mes doutes et mes peurs !

Les livres de Marie Antonini

Nouvelles :

Enfances	2019
Singularités	2021
Singularités, encore	2023

Romans

Dessiner des nuages	2020
Une valse à trois temps	2022

Récit

L'invisible   2023

Albums enfants

Petit sapin (Noël)
Séraphin le lutin (Noël)
Léontine et l'orage

Et toujours des pièces de théâtre sur le proscenium.

Contact : mariemaya.antonini@gmail.com